# 銃撃

## 闇法廷

南　英男

MINAMI Hideo

文芸社文庫

目次

# 第一章　裏切りの配当

## 1

背中に何かが突き刺さった。

他人の視線だった。更級《さらしな》秀司《しゅうじ》は幾分、たじろいだ。すぐにも振り向きたかった。

しかし、そうすることはあまり賢明ではなさそうだ。

そのまま更級は、東急東横線自由が丘駅の改札を擦《す》り抜けた。背にまとわりついたものは、いっこうに離れようとしない。どうやら誰かに尾行されているようだ。

駅前広場は人々でごった返している。

金曜日の夜だ。若いサラリーマンやＯＬの姿が目立つ。どの顔も愉《たの》しげだった。

更級は人波を掻《か》き分けて、足を速めた。

広場に沿って進む。更級は背後を気にかけながら、ごく自然に歩いた。

尾行者は刑事なのか。

そう思ったとたん、後頭部が熱くなった。全身の細胞がざわめく。

更級は歩きながら、幾度も振り返りたい衝動に駆られた。また、走りだしたい気持ちにもなった。

だが、更級は歩度を変えなかった。

少し行くと、電話ボックスが目に留《と》まった。ちょうど空いていた。

更級は電話ボックスの中に入った。まだスマートフォンは手に入れていない。

キャメルカラーの革ブルゾンのポケットを探《さぐ》って、テレフォンカードを取り出す。受話器をフックから外し、更級はさりげなく体を捩《ねじ》った。

怪しい人影はどこにも見当たらない。にわかに緊張感が緩《ゆる》む。

気のせいだったのか。一年数カ月も看守の目を気にしながら、おどおどと暮らしてきたせいだろうか。

更級は自嘲した。

出所して、すでに三カ月が経《た》つ。短かった頭髪は、かなり長く伸びている。

電話ボックスに飛び込んだついでに、今夜の獲物が部屋にいるかどうか確かめてみる気になった。

更級は白い起毛《きもう》のチノクロスパンツのヒップポケットに指を滑らせ、小さな紙切れを抓《つま》み出した。二つ折りにしてある紙片を押し開く。

そこには、三雲智沙《みくもちさ》の新しいマンションの住所と電話番号が記《しる》されている。智沙は、更級を罠に嵌《は》めた美女だ。

「裏切りの配当は安くないぞ」

更級は声に出して呟き、テレフォンカードを入れた。

ややあって、先方の受話器が外れた。

「はい、三雲です」

まさしく智沙の声だった。更級は意図《いと》的に口を開かなかった。

「どちらさまでしょう?」

智沙が訝《いぶか》しそうに問いかけてくる。

更級は無言で電話を切った。肩から擦り落ちかけているショルダーバッグを揺すり上げ、外に出る。

尖《とが》った夜風が頬を嬲《なぶ》った。

思わず更級は、百七十九センチの長身を縮めた。十一月も末だった。数日前から、夜はだいぶ冷え込むようになっていた。

ふたたび更級は、雑踏に紛《まぎ》れ込んだ。

智沙の住む『自由が丘エミネンス』は奥沢七丁目の外れにある。目抜き通りを逸《そ》れると、めっきり人通りが少なくなった。

更級は先を急いだ。憤《いきどお》りで、全身が火照《ほて》りはじめていた。恨みは深かった。更級は二年前まで、東京地検特捜部の検事だった。

検察官のエリートである。その当時、特捜部は、ある贈収賄事件の捜査に当たっていた。業界最大手の旭光《きょくこう》建設が東京・西多摩の地域開発事業を請け負いたい一心で、政府高官十数人に賄賂《わいろ》を贈った疑いが出てきた。

収賄容疑を持たれた政府高官の中には、現職の大臣も混じっていた。それもひとりではなく、複数だった。この種の汚職の捜査は、尻切れトンボに終わることが多い。

特捜部は慎重に捜査を進めた。政府からの圧力を恐れたからだ。

ところが、極秘捜査は呆気《あっけ》なく外部に洩《も》れてしまった。おそらく出世欲に凝《こ》り固まった地検の幹部の誰かが、政府筋にリークしたのだろう。

更級は密《ひそ》かに調査してみた。だが、ついに不心得者を見つけ出すことはできなかった。それから幾日も経《た》たないうちに、異例の人事異動があった。検事の半数近くが入れ替わった。何か裏がありそうだった。

更級も刑事部に異動になった。

その半月後に、件《くだん》の汚職捜査が急に打ち切られた。被害者たちを起訴に持ち込むだけの証拠が揃っていないという理由からだった。

検察庁が政府の圧力に屈したことは、火を見るよりも明らかだ。それを知りながらも、地検の仲間たちは誰ひとりとして異を唱《とな》えなかった。

　更級は義憤に身を震わせた。

　三十二歳になったばかりの彼は、まだ正義感を失っていなかった。仕事の合間に、たった独りで真相を追いつづけた。しかし、有力な証拠はなかなか入手できなかった。

　そんなある日の夕方、旭光建設の常務秘書と名乗る女性から職場に電話がかかってきた。それが三雲智沙だった。

　更級は、智沙が内部告発者だと睨《にら》んだ。

　智沙は、それを認めた。しかも、贈賄の事実を証拠だてる書類やメモも入手できそうだと洩らした。更級は雀躍《こおど》りしたいような気持ちになった。

　その日のうちに、智沙を銀座のコーヒーショップに呼び出した。現われた智沙は、息を呑《の》むような美人だった。

　スタイルも悪くなかった。ファッションセンスも光っていた。知的でありながら、充分に官能的だった。嫌いなタイプではなかった。

　向き合うと、智沙は問わず語りに藤枝賢吾《ふじえだけんご》常務の愛人だったことを明かした。男女の関係が切れたことで、彼女は藤枝常務を恨んでいるような口ぶりだった。

　更級は、智沙の言葉を少しも疑わなかった。

　すぐに証拠となる書類やメモを持ち出してほしいと頼み込んだ。もはや恥も外聞もなかった。何としてでも、それらを手に入れたかった。

智沙は生返事しかしなかった。ためらっている様子だった。

更級は、このチャンスを逃したくなかった。

色よい返事をもらえるまで喰《く》い下がることにした。智沙を高級レストランに誘い、さらに馴染《なじ》みの酒場に連れていった。

智沙はアルコールに弱かった。

ギムレットを二杯半飲んだだけで、酔ってしまった。更級はタクシーで、智沙を高円寺のマンションまで送り届けた。

車を降りた智沙は、更級の手を放そうとしなかった。

やむなく更級は、部屋まで従《つ》いていった。玄関のドアを閉めると、いきなり智沙が抱きついてきた。すぐに彼女は、積極的に更級の唇を貪《むさぼ》った。

更級は面喰《く》らった。

智沙を押し返そうとすると、彼女は大胆に舌を挿《さ》し入れてきた。同時に、股間をまさぐりはじめた。

更級は欲望をそそられた。たちまち自制心は砕け散った。久しく女を抱いていなかったせいか。

濃厚なくちづけが終わると、智沙は更級を寝室に導いた。更級は智沙のベッドで朝を迎えた。二十三歳ながら、智沙の豊満な体は熟《う》れていた。男を識《し》り抜いてもいた。どの愛撫も巧《たく》みだった。無駄がなかった。

更級は煽《あお》られた。智沙を抱いてはまどろみ、まどろんでは抱いた。

そのせいかどうか、智沙は更級に協力することを約束してくれた。翌日の夜に、智沙の部屋で問題の書類とメモを受け取ることになった。

更級は意気込んで、約束の時間に智沙のマンションを訪れた。しかし、智沙が差し出した書類やメモは事件とは関係のないものばかりだった。

更級は初めて疑念を抱いた。思い返すと、智沙の行動はどこか不自然だった。何か企《たくら》んでいるにちがいない。

更級は智沙の腕を捉《とら》えて、詰問《きつもん》しはじめた。

智沙は身を捩《よじ》るだけで、頑《かたく》なに口を開こうとしない。二人が揉《も》み合っていると、だしぬけに玄関ドアが開いた。なんと来訪者は、旭光建設の藤枝常務だった。

藤枝と智沙は顔を見合わせ、歪《ゆが》んだ笑みを浮かべた。美しい秘書は囮《おとり》だったわけだ。

更級は、自分が色仕掛け《ハニートラップ》に嵌《は》まったことをはっきりと覚《さと》った。一瞬、頭の中が真っ白になった。実に忌々《いまいま》しかった。

藤枝常務は更級を口汚く罵《ののし》ると、電話機に飛びついた。警察に通報する気らしい。

更級は智沙を突き飛ばし、玄関口に走った。部屋を走り出ると、深夜の町をやみくもに駆けた。頭が混乱して、何も考えられなかった。

更級が私文書窃盗と暴行の容疑で逮捕されたのは、翌朝のことだった。彼は取調室で謀《はか》られたことを訴えつづけた。しかし、結果は虚《むな》しかった。馘首《かくしゅ》され、起訴された。裁判にも圧力を感じた。

更級は一年五カ月の懲役刑を受けた。

理不尽な判決だった。身も捩《よじ》きれんばかりの悔しさを味わわされた。だが、もはや再審請求をする気力は失《う》せていた。心身ともに疲れ果ててしまった。智沙は、なんの咎《とが》めも受けなかった。

更級は刑に服しはじめた。

絶望感に打ちのめされていた。更級は、日に日に痩せ衰えた。体を動かすことさえ、大儀だった。いっそ死んでしまいたかった。

六つ違いの妹が勤務先の商社の屋上から飛び降り自殺をしたのは、およそ一カ月後だった。

妹の千春《ちはる》は更級のことで縁談が毀《こわ》れ、発作的に自らの命を絶ってしまったようだ。遺書はなかった。たった二人だけの兄妹《きょうだい》だった。それだけに、更級のショックは大きかった。

洋酒メーカーの役員だった父も辞職し、母も心労で倒れた。家族や親類が蒙《こうむ》った迷惑は、想像以上に大きかった。更級は刑務所の中で、自分の軽率さと迂闊《うかつ》さを呪いつづけた。しかし、どんなに呪っても、重苦しさからは逃れられなかった。

更級の心は屈折した。

いつからともなく彼は、自分を責めなくなっていた。自責の念は、復讐心に擦《す》り替わっていた。智沙や藤枝にそれなりの報復をしなければ、胸の痞《つかえ》が取れない。

更級はじっくりと復讐計画を練った。

やがて、刑期が満了した。だが、更級は計画をすぐには実行しなかった。標的たちの警戒心が緩《ゆる》むのをじっと待ちつづけてきたのだ。

目的のマンションが見えてきた。

七階建ての洒落《しゃれ》た建物だ。外壁の白い磁器タイルが眩《まばゆ》い。なんの脈絡もなく、死んだ妹の笑顔が脳裏に浮かんだ。

千春、赦《ゆる》してくれ。

更級は胸底で詫び、『自由が丘エミネンス』の表玄関に足を踏み入れた。

管理人室はなかった。ただ、玄関のドアはオートロック式になっていた。来訪者は勝手にエントランスホールには進めない。

更級はメールボックスに視線を投げた。

智沙の部屋は七〇五号室だった。集合インターフォンに近づき、テンキーで部屋番号を押す。

「どなたでしょう?」

スピーカーから、智沙の声が響いてきた。

「宅配便です」

「ご苦労さま。ハンコかサインがいるんでしょ?」

「ええ」

更級は作り声で応じ、両開きのガラス扉に歩み寄った。

ドアはすんなり開いた。エレベーターの函《ゲージ》に乗り込む。無人だった。

ゲージが上昇しはじめた。

更級は腰の後ろに手を回した。ベルトの下から、サバイバルナイフを革鞘《かわざや》ごと抜く。

昼間のうちに買い求めておいたナイフだ。

両刃だった。片刃は通常の形状で、もう一方は鋸歯《セレーション》になっている。

更級は左手首の時計を見た。

九時五分だった。ちょうどいい時刻だ。更級は深呼吸した。いくらか気持ちが落ち着いた。

エレベーターが停《と》まった。

七階だった。更級はホールに降りた。左右に廊下が延びている。ありがたいことに、人気《ひとけ》はなかった。

七〇五号室は左側の角部屋だった。

更級は立ち止まると、革ケースからナイフを引き抜いた。刃渡りは十八センチだった。特殊鋼でできた刃《やいば》は厚みがあり、いかにも丈夫そうだ。

更級は革ケースをベルトに挟み、部屋のチャイムを鳴らした。

すぐにドアの横の壁にへばりつく。この位置なら、ドアスコープに自分の姿は映らないだろう。

スリッパの音が聞こえ、ドア越しに智沙の声がした。

「宅配便の配達の方?」

「はい、そうです」

更級はサバイバルナイフを握り直した。

ドアが開けられた。智沙の横顔が見えた。相変わらず美しい。

智沙はミルク色のアンゴラセーターを着ていた。ブラウスは身に着《つ》けていなかった。下は黒革のパンツだった。

更級は肩でドアを押し開け、素早く玄関に躍《おど》り込んだ。

「あっ、あなたは!」

智沙が口許《くちもと》に手を当てた。三文判が足許に落ちる。

更級は後ろ手にドアを閉め、抜け目なくシリンダー錠も掛けた。

「久しぶりだな」

「どうしてここが……」

智沙が後ずさりしながら、掠《かす》れ声で訊《き》いた。

「探偵に調べさせたのさ。いい部屋じゃないか」

「な、何しに来たの⁉　おかしなことすると、警察を呼ぶわよ」

「呼べるものなら、呼んでみろ」

更級はせせら笑って、玄関ホールに上がった。靴を履《は》いたままだった。

智沙が身を翻《ひるがえ》した。部屋の奥に逃げる気らしい。

更級は片腕を伸ばした。智沙のセミロングの髪を鷲摑《わしづか》みにする。智沙が悲鳴をあげた。

「大声を出したら、こいつで刺すぞ」

更級はサバイバルナイフの切っ先を智沙の背に押しつけた。

智沙の体が小刻みに震えはじめた。

「奥に行こう」

更級は促《うなが》した。

智沙が歩きはじめる。足取りが心許ない。すっかり怯《おび》えきっている様子だ。更級は、ほくそ笑《え》んだ。

玄関ホールに面した部屋は居間だった。その右手に寝室らしい洋室があり、左手はダイニングキッチンになっている。

リビングには、ロースタイルの黒い応接ソファセットが置かれていた。コーヒーテーブルの上には、飲みかけのダイエット・コークが載っている。

CDミニコンポから、ジョージ・ベンソンのナンバーが流れていた。ほどよい音量だった。二十五年以上も前にヒットした曲だ。フュージョンだった。

更級は、美しい獲物を寝室に押し込んだ。

室内は真っ暗だった。空気は固く粒立《つぶだ》っている。

更級は電灯のスイッチを入れた。十畳ほどのスペースだ。

ほぼ中央に、セミダブルのベッドが据え置かれている。きちんとベッドメーキングされていた。白と黒のベッドカバーが洒落《しゃれ》ている。モダンな感じだ。

「あなたには申し訳ないと思ってるわ」

智沙がたたずみ、細い声で言い訳した。前を向いたままだった。更級は何も言わなかった。

「わたし、ばかだったわ。藤枝があんな企みを持ってるとは知らなかったのよ」

「いまさら白々しいな」

「すごく後悔してるの。何でもするから、どうか赦《ゆる》してください」

「いや、赦せない。自殺した妹は、もう還《かえ》ってこないんだ」

「妹さんのことは新聞で読んだわ。そのことで、わたし、ずいぶん悩んだの」

「いい子ぶるんじゃないっ」

更級は怒鳴りつけた。

「藤枝は気にするなって言ったけど、わたしは平気じゃいられなかったわ。だから、結局、藤枝とは別れることにしたの」

「転職して、よかったじゃないか」

「えっ、どうして？」

「いまの職場に移ったからこそ、社長の息子に見初《みそ》められたんだろう？」

「そんなことまで知ってるの⁉」

「挙式まで、あと三日だな」

「まさかあなた……」

「まさか何だ？　はっきり言ってみろ！」

「わたしを殺しに来たんじゃないでしょうね」

智沙の声は嗄《しゃが》れていた。

「安心しろ、脇役の女なんか殺す値打ちもないっ」

「それじゃ、いったい何が目的なの？」

「いまにわかるさ。裸になってもらおう」

更級は命じた。智沙が顔だけを捩《ねじ》って、小声で呟いた。

「あなたにはひどいことをしたんだから、レイプされても仕方ないわ」

「無駄口をきくな。早く服を脱ぐんだっ」

更級は声を張った。

智沙が竦《すく》み上がった。両腕を交差させ、セーターを首から抜いた。白い肩が更級の目を射《い》る。智沙が黒のレザーパンツを脱いだ。

更級は数歩退《さ》がった。目はランジェリー姿の智沙に当てたままだった。

しかし、欲情は湧いてこなかった。

## 2

白い乳房が揺れた。

振り返った瞬間だった。智沙は一糸もまとっていない。更級は表情を変えなかった。

「気の済むようにして」

智沙が観念した表情で囁き、ゆっくりと近づいてきた。黒目がちの瞳には、媚《こび》の色が宿っている。色っぽかった。

　更級はショルダーバッグを足許に落とした。

　すると、智沙が安堵したような顔つきになった。彼女は意味もなく微笑し、更級の前にひざまずきかけた。

　更級は無言で、サバイバルナイフを智沙の股の間に潜《くぐ》らせた。鋸歯《セレーション》が上だった。

　智沙が身を強張《こわば》らせた。眼球は盛り上がっている。

「余計なことはするな」

「ごめんなさい」

「ベッドに横たわれ。仰向けに寝るんだっ」

　更級は命令した。

　智沙がベッドに歩み寄り、ベッドカバーをはぐった。

　羽毛蒲団も捲《めく》り上げ、裸身を横たえる。砲弾を想《おも》わせる胸の隆起は、ほとんど型を変えなかった。黒々とした恥毛が肌の白さを際立《きわだ》たせている。

「わたしだけこんな恰好《かっこう》じゃ、恥ずかしいわ。早くあなたも……」

「おれは服を脱ぐ気なんかない」

「えっ、どういうことなの⁉」

　智沙が顔を引き攣《つ》らせた。

　更級は彫りの深い顔に薄笑いを浮かべて、ベッドに近づいた。智沙は目をしばたたかせてから、瞼《まぶた》を閉じた。更級はベッドに浅く腰かけ、ナイフを智沙の乳房に押し当てた。刃先が柔らかな肉にわずかに埋まった。

「乱暴しないで！」

　智沙が目を剝《む》いた。

「逆《さか》らうと、後悔することになるぞ」

　更級は右手に少し力を加えた。サバイバルナイフの刃が垂直に沈み、溝をこしらえた。まだ肌は傷つけていない。

　智沙の顔には、血の気がなかった。紙のように白い。

「このままナイフを引くだけで、胸に赤い線が走るな」

「やめて！　言われた通りにするから」

「じっとしてろ」

　更級は言って、立ち上がった。

　床のショルダーバッグを拾い上げ、すぐさまベッドのそばに戻る。

　更級はナイフの切っ先を智沙の脇腹に押しつけ、左手でバッグのファスナーを引いた。そのとき、智沙がこころもち顔を上げた。何をされるのか不安なのだろう。

　更級はいったんナイフを浮かせ、すぐにそれを智沙の顎《あご》に押し当てた。

智沙が後頭部を枕に戻した。

更級はバッグの中から、デジタルカメラを取り出した。智沙が何か訴えた。だが、更級には聞き取れなかった。どうせ耳を傾ける気もなかった。

更級はナイフの先で柔肌を撫でながら、智沙の足許に回り込んだ。智沙が、また何か口走った。

更級は足を止めた。

すぐ目の下に、智沙の下半身があった。ホワイトチーズ色の太腿《ふともも》は閉じ合わされている。繁みの下の亀裂は見えなかった。

「脚《あし》を拡《ひろ》げろ」

更級は、ナイフをむっちりとした腿に寄り添わせた。

智沙が少しずつ脚を開いていく。秘めやかな部分が露《あらわ》になった。そこは、乾いていた。

「膝小僧を抱えるんだっ」

更級は命令した。

智沙はためらうことなく、すぐに両腕で自分の膝頭を抱え込んだ。赤い輝きを放つ性器が剝《む》き出しになった。煽情的《せんじょうてき》な構図だった。

「膝を立てたまま、思いきり脚を拡げてもらおうか」

更級はサバイバルナイフを革鞘に収めた。

智沙が脚を開く。みじんの迷いも見せなかった。珊瑚《さんご》色の合わせ目は、大きく綻《ほころ》んでいた。その奥で、鴇色《ときいろ》の襞《ひだ》が息づいている。

更級はデジタルカメラを構えた。

智沙の顔と秘部が入るアングルを探し、素早くシャッターを押した。智沙が詰《なじ》るような眼差《まなざ》しを向けてきた。

「この写真は悪用しない。これは一種の保険だ」

更級は言った。

智沙の顔が少し明るんだ。更級はさまざまな角度から、淫《みだ》らな写真を撮った。智沙は命じられるままにポーズをとった。レンズを向けているうちに、いつしか彼女の体は潤《うる》みはじめていた。いい気なものだ。

更級は、智沙の体を穢《けが》す気はなかった。

レイプなどありきたりだ。復讐にしては、手ぬるすぎる。

更級は淫らな写真を撮り終えると、智沙を腹這《ば》いにさせた。

「わたしをどうするつもりなの？」

智沙が不安顔で問いかけてきた。

「両手を腰の後ろに回せ！」

「逃げたりしないわ。だから、縛ったりしないで」

「怪我したくなかったら、言われた通りにするんだな」

更級は言い放って、ショルダーバッグから結束バンドを掴み出した。タイラップという商品名だった。

結束バンドで、智沙の両手首と足首をきつく縛り上げる。口は、粘着テープで封じた。

智沙が苦しがって、懸命にもがきはじめた。更級はサバイバルナイフを智沙の尻の割れ目に挟みつけた。じきに智沙は暴《あば》れなくなった。

更級はショルダーバッグを抱えて、ベッドの縁に腰かけた。バッグの底から、まず高圧電流銃《スタンガン》を掴み出した。

アメリカ製の護身具だ。スイッチボタンを押すと、強い電流が走る。個人輸入の代行業者を通じて、数日前に密かに手に入れた物だった。

更級はスタンガンの銃把《グリップ》を握った。

ガンという名称がついているが、拳銃とは型がだいぶ異《こと》なる。銃身の部分は箱型に近い。その上部から、アンテナ状の金具がぬっと突き出ている。電極だ。

更級は、それを智沙の項《うなじ》に押し当てた。

ひんやりとしたはずだ。智沙が驚き、首を捩《ねじ》曲げた。

その瞬間、更級はスイッチボタンを押した。

強い電流を受けて、裸の智沙が身を反らせた。そのまま彼女は意識を失った。

個人差もあるが、通常は三分ほど気絶する。英文の説明書には、そう印刷されていた。

更級は高圧電流銃を寝具の上に投げ出し、今度はバッグからミシン針を数本束《たば》ねた物と墨汁を取り出した。智沙のまろやかなヒップに卑猥な刺青《いれずみ》を彫る気だった。

木綿糸できつく束ねたミシン針は、鋭く尖っていた。糸通し孔《あな》の部分は少し盛り上がっている。

いくら恨みがあるからといっても、女性にここまでやるのは惨《むご》すぎるだろうか。

ミシン針の先端を眺めていると、更級は少し気持ちがぐらついた。

そのすぐ後《あと》だった。更級の頭の中に、不意にあるイメージが浮かんだ。

それは、ビルの屋上から落下していく妹の姿だった。風に煽《あお》られたスカートのはためきが、やけに印象的だ。脳裏には、血溜まりの中でオブジェのような奇妙な形で横たわっている妹の姿もにじんでいる。

間接的ながら、千春を死に追い込んだのはこの連中だ。法で裁けないなら、自分が裁くほかない。

更級は自分に言い聞かせた。

迷いとためらいが消えた。更級はバッグを床に置き、ベッドの上に乗った。智沙の膕《ひかがみ》の上に腰を落とし、墨汁の壜を手に取った。

蓋を開け、右手の中指の先を墨汁に浸す。壜の縁《ふち》で余分な墨液を擦《こす》り落とし、智沙の右の尻の頰に淫猥《いんわい》な下絵を描いた。

智沙は気を失ったまま、身じろぎひとつしない。

更級は指先の汚れを寝具で拭った。それから彼は、束ねたミシン針に墨汁をたっぷりと含ませた。下絵は、まだ乾ききっていなかった。

だが、のんびりしていられない。左手で臀部《でんぶ》の表皮を張る。皮膚は瑞々《みずみず》しく、艶《つや》やかだった。

早くやっちまえ。

更級は内面の声にけしかけられ、下絵に針の束を突き刺した。

智沙がわずかに動いた。しかし、意識を取り戻す気配はうかがえない。

更級はミシン針で下絵をなぞりはじめた。突くたびに、血の粒が噴《ふ》いた。にじんだ血は、瞬《また》く間に墨液の中に溶け込む。更級は墨汁が赤茶に変化するまで、丹念に下絵の線をなぞった。

一センチほど線をたどったとき、智沙が我に返った。塞《ふさ》いだ口から、重苦しい呻き声が洩れた。

更級は作業を中断して、スタンガンを摑み上げた。電極棒を智沙の背に押し当て、ふたたび電流を送る。青い光が走った。

智沙が魚のように跳《は》ねて、また静かになった。

更級は刺青を彫る作業に戻った。ひっきりなしに墨汁を補いながら、ミシン針を動かしつづけた。

智沙は、ほぼ三分間隔で息を吹き返した。

更級はそのつど、高圧電流銃を使わなければならなかった。骨の折れる報復だった。しかし、作業を途中で打ち切る気はなかった。

更級は黙々と彫りつづけた。

彫り終えたのは小一《こ》時間後だった。更級は、いつしか汗ばんでいた。指の先も痛かった。智沙の尻は血と墨で、斑《まだら》に汚れていた。その部分をベッドカバーで拭《ぬぐ》う。

ところどころ線は歪んでいるが、交合図の輪郭は鮮明だった。

この刺青を見たら、智沙の婚約者はどんな顔をするだろうか。御曹子はすぐに婚約を解消するにちがいない。

更級はサディスティックな快感を覚えた。

智沙が喉の奥から絞り出すような声を放ち、のたうち回りはじめた。激痛にさいなまれはじめたようだ。更級はスタンガンと刺青用の道具をバッグにしまうと、サバイバルナイフで智沙の縛《いまし》めを解いた。口の粘着テープも剝がしてやった。

「わたしに何をしたの？」

智沙が上体を起こして、こわごわ問いかけてきた。

「ケツに刺青を入れた」

「ええっ」

「かなり猥褻《わいせつ》な図柄だよ」

更級は冷ややかに告げた。

智沙が上体を捻って、自分のヒップを覗き込む。だが、よく見えないようだ。

「後で、手鏡で見てみるんだな」

「こんなことするなんて、あんまりだわ！」

「おれは、もっと辛い思いをしたんだ。初めて留置場にぶち込まれたときのショックは、想像以上のものだったよ。用便のときも、看守に覗かれるんだぞ。あの惨《みじ》めさは死ぬまで忘れないだろう」

「だからって……」

「そっちが味わった屈辱感や惨めさなんて、どうってことない。そのうち忘れるだろう」

「わたし、もう赦《ゆる》せない。あなたがしたことを警察で全部話すわ！」

「そっちがそのつもりなら、さっき撮った画像を使うことになるぞ」

「約束が違うじゃないのっ。汚ないわ」

智沙が涙声で喚《わめ》いた。

「きれいな復讐なんかあるもんか。ちょっと甘いな」

「ひどい、ひどいわ」

「結婚式場の予約をキャンセルしとくんだな」

「どういうこと？」

「いくらおっとりしたお坊ちゃんでも、その淫らな刺青を見たら、そっちとの結婚を考え直すだろう」

「あなたは最初っから、わたしと靖彦《やすひこ》さんの結婚話をぶち壊す目的で……」

「やっとわかったか。もう少し頭の回転が速いと思ったがね」

「こんな素人の彫った刺青なんか、すぐに消せるわ。いまはレーザーメスで黒子《ほくろ》や痣《あざ》も簡単に取れる。刺青だって、消せるはずよ」

「しかし、明日の土曜は祝日で、次は日曜日だ。どこのクリニックも休みじゃないのか。確か挙式は来週の月曜日だったよな？」

「ろくでなし！」

智沙が高く叫んで、フラットシーツに泣き崩れた。

更級はショルダーバッグを左肩に掛け、ベッドから離れた。そのとき、悲鳴に似た嗚咽《おえつ》が寝室に響き渡った。

「もっと泣けよ」

更級は玄関に向かった。

## 3

海は凪《な》いでいる。

たゆたう光の鱗《うろこ》が美しい。相模灘《さがみなだ》だ。

更級は、左手に拡《ひろ》がる海原を眺めながら、灰色のプリウスを運転していた。レンタカーだった。熱海ビーチラインは思いのほか空《す》いている。車の流れはスムーズだった。日曜日である。

更級は、数台前を走る黒塗りのレクサスから目を離さなかった。

レクサスの後部座席には、旭光建設の現副社長の藤枝賢吾が乗っている。二年前に三雲智沙を使って更級を陥《おとしい》れた男だ。

レクサスのステアリングを握っているのは若い男だった。おおかた藤枝のお抱え運転手だろう。藤枝は自分の別荘に行くのかもしれない。

更級はカーラジオのスイッチを入れた。選局ボタンを何回か押すと、ニュースが流れてきた。

「……次のニュースです。今朝《けさ》六時ごろ、東京・世田谷奥沢で異臭騒ぎがありましたが、マンションに住む若い女性がガス自殺をしていたことがわかりました。亡くなったのは三雲智沙《の》さん、二十五歳です。警察の調べによると、三雲さんは自宅マンションで睡眠薬を服んだ上に寝室のガス栓を開け放った模様です。遺書はありませんでしたが、状況から覚悟の自殺と思われます。三雲さんは近く結婚することになっていました」

男性アナウンサーはそこまで言って、いったん言葉を切った。

自業自得だ。更級はうそぶいて、ラジオのスイッチをオフにした。

智沙の死を知っても、ひと欠片《かけら》の同情も湧いてこなかった。むしろ更級は心のどこかで、智沙が死を選ぶことを密かに願っていた。

ふと前方を見やると、レクサスとの距離が拡がっていた。

更級は加速した。背中がシートに吸いつく。

すぐに車間距離が縮まった。レクサスは熱海ビーチラインを走り抜けると、国道一三五号線に入った。間に挟まっていた数台の車は別のルートを選んだ。

更級は車の速度を落とした。

少し経《た》ってから、サングラスをかけた。一定の距離を保《たも》ちながら、レクサスを追いつづける。藤枝が尾行に気づいた気配は伝わってこない。

レクサスは伊東、川奈を抜け、下田方面に向かった。

更級はダッシュボードの時計を見た。午後二時十六分だった。

ゴルフをやるには少々、時間が遅すぎる。やはり、自分の山荘にでも行くのだろう。

更級は確信を深めた。

しばらくすると、藤枝を乗せたレクサスは左折した。そのまま伊豆急の城ヶ崎駅の脇を抜け、海の方向に進んだ。いつの間にか、交通量はめっきり少なくなっていた。あまり接近できない。

更級は慎重に尾行した。

レクサスは伊豆海洋公園の手前で、脇道に入った。更級はいくらか間《ま》を置いてから、その道に車を進めた。少し奥に入ると、別荘らしき建物が点在していた。

黒いレクサスは北欧風の建物の前で停《と》まった。

二階家で、前庭が広い。砂利を敷き詰めたガレージもかなりのスペースだ。大型車でも、二台は楽に入るだろう。

更級はプリウスを停止させた。運転席に坐ったまま、様子をうかがう。

レクサスの後部ドアが開き、藤枝が降りた。

枯葉色のツイードジャケットを着込み、アスコットタイを締めていた。下はフラノの灰色のスラックスだった。

お抱え運転手らしい男があたふたと車を降り、トランクリッドを開けた。それを見届けてから、藤枝はポーチに向かった。手ぶらだった。後から、若い男がトラベルバッグを建物の中に運び入れた。

更級は車を数メートル後退させ、脇道に入った。無人の山荘の前に車を駐《と》める。助手席からショルダーバッグを掴み上げ、更級は外に出た。イグニッションキーは、わざと抜かなかった。

バッグは割に重い。

ペンチやスパナなどが入っている。家に忍び込む際に必要になるかもしれないと考えたのだ。もちろん、ナイフや粘着テープなども入れてある。

更級は足音を殺しながら、北欧風の建物に近づいていった。

レクサスは、まだ路上に駐《と》められている。ドライバーの姿は見当たらない。更級はレクサスの陰まで走った。門柱を見ると、藤枝の表札が掲《かか》げられていた。

更級は視線をポーチに転じた。

そこには、レクサスを運転してきた男が立っていた。玄関ドアが開いている。藤枝は玄関ホールにいるらしかった。

「副社長、明日は何時ごろにお迎えにあがりましょうか?」

若い男が大声で問いかけた。すぐに藤枝の声も響いてきた。

「明日の朝、川奈のホテルに電話するよ」

「わかりました」

「木島《きじま》君、きみものんびりしたまえ。飲み喰いは自由だ」

「ありがとうございます。それでは、わたしはこれでホテルに引き取らせていただきます」

若い男は恭《うやうや》しく頭を下げ、玄関のドアを静かに閉めた。

どうやら藤枝は今夜はたったひとりで、この山荘に泊まるつもりらしい。それなら、いつでも押し込める。

更級はレクサスから離れ、近くの雑木林の中に隠れた。

お抱え運転手と思われる男が山荘から出てきた。すぐにレクサスに乗り込む。黒塗りの高級車は、間もなく走り去った。

更級はフライトジャンパーの内ポケットから、革ケースごとナイフを掴み出した。

それを腰に挟み、道に走り出る。人の気配はない。

更級は藤枝の別荘に向かった。

数十メートル歩いたときだった。背後から、車の走行音が響いてきた。更級は繁みの中に隠れた。灌木《かんぼく》の小枝越しに路上をうかがう。

数分後、目の前を赤いＢＭＷが通り過ぎていった。

ドライバーは若い女だった。化粧が濃く、身なりも派手だ。平凡なＯＬには見えない。藤枝の愛人だろうか。

更級は道に出て、目で赤い車を追った。思った通り、ＢＭＷは藤枝の別荘の敷地内に滑り込んだ。とはいえ、まだ女が藤枝の愛人かどうかはわからない。

更級は別荘の手前まで走った。

立ち止まったとき、ちょうど赤いドイツ車のエンジンが切られた。ほとんど同時に、建物の中から藤枝が現われた。

「早かったじゃないか」

「意外に道路が空いてたのよ。木島さん、中にいるの？　車がないから、お使いかな？」

「もう川奈のホテルに追っ払ったよ」

「それじゃ、パパと二人っきりね」

「ああ、そうだ。明日の朝まで、わたしと燎子《りょうこ》だけさ」

「嬉しいわ。でも、パパ……」

「なんだ？」

「まさか奥さんか娘さんか、ここにやって来ないでしょうね」

た。

「心配するな。誰も来やしないよ」

「それを聞いて、安心したわ」

燎子と呼ばれた女ははしゃぎ声で言い、車を降りた。紫色のニットスーツを着ていた。

藤枝が女の小ぶりなトラベルバッグを持った。バッグはイタリア製だった。女が藤枝に凭《もた》れかかって、すぐに腕を絡《から》めた。

二人は建物の中に消えた。藤枝は女と愉《たの》しむため、ここに来たようだ。

更級は山荘の裏手に回った。雑木林を縫って、藤枝の別荘の敷地に入る。かなり広い。優に五百坪はありそうだ。庭の半分は芝生で、後の半分は自然林のままだった。林の中には、小さなリスがいた。

更級は中腰で建物に忍び寄り、電話の引き込み線を切断した。何分か時間を遣《や》り過ごしてから、バルコニーに近づく。

バルコニーには、庭に通じる木の階段があった。ステップには落葉がへばりついていた。

更級はバルコニーに上がった。

戸袋に身を寄せ、息を殺す。なんの物音も聞こえない。藤枝たちは侵入者に気づかなかったようだ。

更級はガラス戸に顔を寄せた。

白いレースのカーテンの向こうに、北欧調のリビングセットが見える。人影は見当たらない。

更級はガラス戸に手を掛けた。

内錠は掛けられていない。ガラス戸を細く開け、居間に身を滑り込ませた。土足のままだった。

更級は耳をそばだてた。

奥から、女の嬌声《きょうせい》がかすかに洩《も》れてきた。抜き足で玄関ホールに向かう。なまめかしい笑い声は、浴室のあたりから響いてくる。藤枝の話し声も低く聞こえてきた。

藤枝は燎子という女と風呂場で戯《たわむ》れているのだろう。

更級はショルダーバッグを脱衣室の前に置いた。

サバイバルナイフを抜き、ドア・ノブに手を伸ばす。ノブはなんの抵抗もなく回った。脱衣室に入る。更級は数秒、息を詰めた。

乱れ籠《かご》の中に、男と女の衣服が乱雑に押し込まれている。パンティーストッキングが食《は》み出し、床まで垂れ下がっていた。

だらしのない女だ。更級は眉根を寄せ、浴室のドアを一気に押し開けた。

藤枝と燎子が同時に声をあげた。二人は湯船の中で抱き合っていた。密着具合から察して、どうやら対面座位で交わっているようだ。

「誰なんだ、おまえは！」

「藤枝、おれだよ」

更級はサングラスを外し、それをフライトジャンパーの左ポケットに突っ込んだ。

藤枝が燎子を押しのけ、腰を浮かせかけた。恐怖で、眼球が零《こぼ》れそうだ。

更級は浴槽まで走った。

立ち止まるなり、サバイバルナイフを一閃《いっせん》させた。空気が鳴る。藤枝が短く呻き、右の肩口を手で押さえた。指の間から、鮮血があふれた。みる間に五指が真っ赤になった。

燎子が金切り声を張りあげ、勢いよく立ち上がった。濡れた叢《くさむら》は若布《わかめ》のようだった。

「湯船に浸《つ》かってろ」

更級は燎子を睨みつけた。

燎子が小さくうなずき、裸身を沈める。すぐに両腕を交差させて、貧弱な乳房を覆い隠した。

「おまえは何を考えてるんだっ」

藤枝が喚《わめ》いた。その声は震えを帯びていた。虚勢を張ったにちがいない。

「借りを返しに来たんだよ」

「わたしが何をしたっていうんだね？　きみは何か誤解してるんじゃないのかっ」

「いまさら、とぼけるな。見苦しいぞ」

更級は言いざま、ふたたびナイフを泳がせた。刃風《はかぜ》が縺《もつ》れた。

藤枝の頬から、血がしぶいた。

赤い飛沫が湯に落ちた。藤枝は女のような悲鳴をあげ、頬に手をやった。指先の血を見て、また甲高い声を放った。

燎子は湯船の隅に逃げ、裸身をわななかせはじめた。驚きが大きく、声も出せない様子だ。

「あんたのおかげで、おれの人生設計は狂ってしまった」

更級は言って、血潮の付いたナイフを藤枝の肩の上に翳《かざ》した。切っ先から血の雫《しずく》が雨垂れのように滴《したた》り、藤枝の耳と首筋を汚した。シュールな眺めだった。

更級は薄く笑った。

「ま、待ってくれ。きみを罠に嵌めようと言い出したのは三雲智沙なんだ」

藤枝が弁解した。

「智沙は、あんたがシナリオを練ったと言ってたぜ」

「そうじゃないんだよ。本当に智沙が……」

「死んだ人間に罪をおっ被《かぶ》せようってわけか。卑怯な男だっ」

更級は怒鳴って、またもや刃物を閃《ひらめ》かせた。

鮮血が飛んだ。藤枝の右腕が浅く斬れていた。

「とことんとぼける気なら、あんたはここで死ぬことになるな」

「悪かった。赦《ゆる》してくれ」

「少しは物わかりがよくなったな」

「どんな償《つぐな》いでもするよ」

藤枝が弱々しく言った。

「おれを前科者に仕立てといて、どう償えるっていうんだ。えっ！」

「迷惑料を払う。少し時間をもらえれば、現金で二、三千万円は用意できる。それで、水に流してくれないか？」

「あいにくだな。金には興味がないんだ」

「それじゃ、どうすればいいんだね」

「三雲智沙は死を選んでくれた」

「やっぱり、智沙の自殺はきみのせいだったのか。そんな気がしてたんだ」

「あんた、死ねるかっ」

「わたしは、まだ死にたくない。来月、嫁に行ったひとり娘が出産するんだよ。初孫の顔を見ずに死ぬなんて……」

「あんたのような男でも、家族には愛情を持ってるわけか」

「当たり前じゃないか。よし、五千万まで出そう。それから、この女を譲ってやってもいい」

藤枝は燎子の顔を見ながら、意を決したような口調で言った。

次の瞬間、燎子が凄まじい剣幕でパトロンに喰ってかかった。

「パパ、なんてことを言うのよっ。それでも、人間なの！」

「燎子、わかってくれ。その代わり、銀座の店をおまえの名義にしてやろう。いまのママはお払い箱にするよ」

「見損なわないでちょうだいっ」

「おい、燎子！　ちょっときれいだからって、のぼせ上がるんじゃない。わたしが見放したら、おまえなんかチーママから一介のホステスに逆戻りだぞ」

「ただのホステスで結構だわっ。あんたみたいな男は、こっちから願い下げよ！」

「そうか、よくわかった。それじゃ、今月いっぱいで高輪のマンションから出ていってもらおう」

「ええ、いいわ」

「それから、今までに買ってやった宝石やブランド物の洋服、バッグも返してもらうからな」

「どケチ！　帰るわっ」

燎子が憤然と立ち上がった。湯飛沫《しぶき》が藤枝の顔面に降りかかった。

「いま帰られては、こっちが困るんだよ」

更級は刃物をちらつかせて、燎子を押し留《とど》めた。

「何かわたしに恨みでもあるわけ？」

「恨みはないよ」

「そうよね。わたしたち、きょうが初対面だもの」

「もう少しつき合ってくれないか。ここに居合わせたことが不運だったと諦《あきら》めてほしいんだ」

「わたしに何をやらせる気なの？」

「シナリオなんてないんだ。突っ立ってると、風邪ひくぞ」

「手荒なことはしないでね」

燎子は観念したらしく、湯船に沈んだ。陰毛が海草のように揺らめいている。

「おい、立ち上がれ」

更級は藤枝に声を投げた。

藤枝は一瞬、怪訝《けげん》そうな顔つきになったが、素直に従った。

ペニスは萎《しぼ》みきっている。陰毛には、白いものが混じっていた。

「しゃぶってやれよ」

更級は燎子に言った。

燎子が露骨に顔をしかめた。すでにパトロンから心が離れてしまったのだろう。

「言われた通りにしないと、後悔することになるぞ。おれは一度決めたことは、必ずやり通す性分《しょうぶん》なんだ」

「やればいいんでしょ！」

燎子が藤枝の股間に顔を寄せた。

藤枝は困惑顔になったが、別に拒まなかった。燎子が藤枝の性器を荒々しく手でしごきはじめた。どこか投げ遣《や》りな愛撫だった。

それでも、藤枝の体は反応しはじめた。性欲は哀しいものではないか。力が漲《みなぎ》ると、燎子は唇と舌を使いはじめた。

「きみは何を企んでる？」

藤枝が不安そうに訊《き》いた。

「それより、こっちの質問に答えてもらおう。おれを罠に嵌《は》めようと考えたのは、あんたなんだなっ」

「具体的なプランを練ったのは、このわたしだよ。しかし、わたしも上司に指示されたんだ」

「見え透《す》いた言い逃れだな」

「言い逃れじゃないっ。わたしは本当に上からの命令で……」

「それじゃ、そいつの名前を言ってもらおう」

「それだけは口が裂けても言えない。言ったら、身の破滅を招くからな」

「誰に忠義立てしてるのか知らないが、無駄な悪あがきだ」

更級は冷笑して、サバイバルナイフを藤枝の繁みに宛《あ》てがった。

藤枝が本能的に腰を引いた。燎子の口から、黒ずんだ昂《たか》まりが抜けた。それは猛々《たけだけ》しく膨らみ、湯気を立ち昇らせていた。

更級はナイフを藤枝の陰茎の根元に押し当てた。

「な、何をするんだっ」

藤枝が高く叫んだ。

「叫ぶのはいいが、動くと、女になっちまうぞ」

「ちょん斬るつもりなのか⁉」

「そいつは、あんたの出方次第だな」

「き、きみは狂ってる」

「藤枝、もう一度訊く。おれを嵌《は》めろと命じたのは誰なんだ？」

「七千万、いや、一億出そう」

「案外、しぶといな」

更級は言うなり、サバイバルナイフを軽く手前に引いた。肉の斬れる感触が伝わってきた。

「うっぎゃあ！」

藤枝が怪鳥《けちょう》のような声を放った。分身は血塗《まみ》れだった。燎子が奇声を洩らして、上体を大きく反らす。

「喋る気になったか？」

「うーっ、もう赦してくれ。ううっ、痛くて死にそうだ」

「手間をかけさせるなよ」

更級は、藤枝の頭髪を引っ摑んだ。ナイフをさっきと同じ場所に当てる。

「や、やめてくれ。言う、喋るよ。きみに罠を仕掛けろと言ったのは寺久保《てらくぼ》社長だ」

「寺久保恒久《つねひさ》だな？」

「そうだよ。ううーっ、痛い！　きみは、寺久保社長にも何かやるつもりなのか⁉」

「想像にまかせるよ」

「社長には、わたしの名前を出さないでくれないか」

藤枝が言った。

「そろそろ退職してもいい時期なんじゃないのか？」

「えっ」

「生まれてくる初孫の子守りに専念するんだな」

更級は言い捨て、ナイフを勢いよく引いた。

藤枝の股間から、血煙が迸《ほとばし》った。浴室の天井に赤い染《し》みができた。燎子の顔面は真紅に染まっている。

藤枝は獣じみた唸《うな》り声をあげ、膝から崩れた。血みどろのペニスは、皮一枚で辛《かろ》うじて繋《つな》がっていた。

藤枝は燎子にのしかかるように倒れ、呻きつづけた。湯船の湯は、血の色に染まりはじめた。

「どいてよっ」

燎子が苛立《いらだ》たしそうに言い、邪慳《じゃけん》に藤枝の体を押しのけようとする。だが、藤枝は愛人にしがみついたまま離れようとしない。

「まだ皮一枚で繋《つな》がってるだろう。藤枝ともう一度やり直す気があるんだったら、救急車を呼んでやるんだな」

更級は燎子に言った。

「冗談じゃないわ。誰が、こんな男と」

「本気で別れるつもりなのか？」

「ええ、本気も本気よ」

燎子は藤枝を押しのけ、荒々しく立ち上がった。すると、藤枝が燎子の脚に縋《すが》りついた。

「放してよ、じじい！」

燎子は悪態をついて、藤枝を足蹴《あしげ》にした。

藤枝は湯の中に倒れた。不様な恰好《かっこう》だった。燎子が嘲笑して、洗い場に上がった。

薄紅色の雫《しずく》が全身にまとわりついている。燎子は舌打ちして、シャワーを浴びはじめた。

起き上がった藤枝が浴槽の縁《ふち》に摑まって、更級に訴えた。

「き、きみ、救急車を呼んでくれないか。ううっ、目が霞んできた。た、頼むよ。お願いだ」

「失血死したくなかったら、自分で一一九するんだな」

更級は言い捨て、浴室から出た。

藤枝が愛人の名を呼びはじめた。だが、燎子は返事をしない。

次の獲物は、旭光建設の寺久保社長だ。

更級はバスタオルでナイフの血を拭ってから、大股で脱衣室を出た。

無性《むしょう》に煙草が喫《す》いたかった。更級はマールボロに火を点《つ》け、ショルダーバッグを掴み上げた。

# 4

静かだった。

どこかで、野鳥が鳴いている。

落葉松《からまつ》林の中だった。更級は片膝をついて、目の前に拡《ひろ》がるグリーンを眺めていた。すぐ右手に十七番ホールがあった。富士山の北麓にある広大なゴルフ場だ。午後一時近い時刻だった。

旭光建設の藤枝賢吾副社長を襲った日から、ちょうど十日が流れていた。

藤枝のことは新聞やテレビでは、いっさい報道されなかった。藤枝は、わが身の恥を晒《さら》したくなかったのだろう。

警察に通報していれば、当然、ニュースになるはずだ。おそらく藤枝は、どこかの病院で密かに治療を受けているのだろう。

更級は、もう藤枝のことは忘れかけていた。五日前から、寺久保恒久をマークしていた。朝から晩まで寺久保社長を尾《つ》けてきたが、なかなか近づけなかった。

しかし、ようやく寺久保を狙撃するチャンスが訪れた。更級は、ゴルフを愉《たの》しんでいる寺久保を遠くから狙撃銃で仕留めるつもりだった。

寺久保社長が民自党の荻上勝正《おぎうえかつまさ》議員とコースに出たのは数時間前だ。

二人は大学時代からの友人同士だった。ともに五十八歳である。荻上は現内閣の官房長官だった。

どちらもゴルフ歴は長い。

寺久保と荻上はベテランらしく、競技用のバックティでスタートを切った。アマチュアの場合は、だいたいレギュラーティを使う。

更級自身はゴルフクラブはめったに握らない。それでも、割にゴルフに明るかった。寺久保たちがワンラウンドのストローク勝負をする気でいることは、すぐにわかった。

二人はまず打順を決め、一番ホールから回りはじめた。

荻上官房長官が先にティグラウンドに立った。ゆったりとしたスイングだったが、ヘッドスピードは速かった。

快音とともに、球は左に飛び出した。

いくらか低めだったが、伸びは悪くない。左手の林を掠《かす》めて、フェアウェイのやや左に落ちた。距離は二百五十ヤードは稼いでいた。

更級は物陰から見ていたのだが、思わず唸らされた。

寺久保社長のスイングも力強かった。腰の切れもシャープだった。距離は二百ヤードは楽に超えていた。

一番ホールは、二人ともツーパットで収めた。

更級は寺久保たちのプレイを見ながら、警護者の数を素早く数えた。

荻上官房長官の秘書とSPらしい男たちが五人いた。制服警官の姿は見当たらなかった。九番のロングホールまでのプレイを見届けると、更級はいったんグリーンから遠ざかった。

前夜のうちに借りておいたレンタカーに戻り、すぐにエンジンをかけた。車種はエスティマだった。

更級はカントリークラブの外周路をゆっくりと巡《めぐ》った。

しばらく走ると、うってつけの狙撃場所が見つかった。更級は車を路肩《ろかた》に駐《と》め、あたりを眺め回した。人の姿はなかった。更級は車を降りた。

トランクルームから、細長いキャリングケースを取り出した。中には、狙撃銃が入っている。こうして更級は、この落葉松林の中に足を踏み入れたのだ。

寺久保たちは、もう後半のラウンドに入っているだろう。

更級は、足許に置いてあるキャリングケースに両手を伸ばした。

ケースの錠を解き、蓋を開ける。M40A1《ワン》は木洩《こも》れ陽《び》を吸って、鈍い光沢を放っていた。アメリカ海兵隊が使用している狙撃銃だ。

　銃身はステンレススチール製で、カムフラージュ仕上げの銃床はグラスファイバーだった。銃には、ユナーテル社製の望遠照準鏡《テレスコープ》が装着されている。倍率は十倍だった。

　更級は狙撃銃を摑み上げた。

　頼りないほど軽い。だが、性能は抜群だ。射程距離は千メートルと長い。控え目に見積もっても、七、八百メートル先の標的を外すことはないだろう。

　更級は銃器に精《くわ》しかった。

　大学時代はクレイ射撃に熱中し、さらに海外の射撃場《シューティング・レンジ》で各種の拳銃や短機関銃《サブマシンガン》を撃ちまくった。検事時代には定期的にロスアンゼルスの射撃場に通っていた。実射経験は、それほど豊富だった。

　M40A1を手に入れたのは一週間前である。

　検事時代に面倒を見てやったことのある暴力団の組長から格安な値段で譲ってもらったのだ。相手の男は、立ち入ったことは何も訊《き》かなかった。それが法の向こう側に棲《す》む者たちの仁義らしかった。

　更級はケースから弾箱を取り出した。

　箱の中には、五十発のNATO弾が詰まっている。更級は無造作に五発の弾丸を抓《つま》み取った。手早く初弾を薬室《チャンバー》に送り込み、四発の実包を弾倉《マガジン》に詰める。更級はすぐに遊底《ボルト》を閉じ、安全装置を掛けた。

その直後だった。

背後で、動物の野太い唸《うな》り声がした。

反射的に更級は振り返った。六、七メートル離れた場所に大型犬がいた。イングリッシュ・ポインターだった。白と焦茶のぶちだ。

もともとは猟犬である。飼い主が近くにいるにちがいない。

更級はM40A1と弾箱をキャリングケースに戻し、大急ぎで落葉を掻き集めた。それで、ケースを覆い隠した。

大型犬が後ろ肢《あし》を折って、鋭く吼《ほ》えはじめた。耳が立っている。いまにも跳《と》びかかってきそうな姿勢だ。

更級は身構えた。

次の瞬間、ポインターが大きく跳躍した。しなやかな身ごなしだった。全身が発条《ばね》になっていた。

更級は横に跳んだ。

目は大型犬から離さなかった。更級は着地するなり右足を飛ばした。風が湧く。スラックスの裾《すそ》がはためいた。

前蹴りはポインターの脇腹に決まった。

靴の先に、骨と肉の感触が伝わってきた。大型犬が短く鳴き、宙に舞い上がった。

更級は体勢を整え、キャリングケースに目をやった。形勢が不利になったら、ケースで大型犬の頭をぶっ叩くつもりだ。

不意に、繁みがざわついた。人の足音も聞こえた。ポインターの飼い主か。それとも、警備の者だろうか。

更級は緊張した。もはや逃げるに逃げられない。

灌木の間から、猟銃を手にした中年男が飛び出してきた。大男だった。男は腰に弾帯を巻いていた。ハンターだろう。

更級は、ひとまず安心した。

「おい、犬に何をしたんだっ」

男が喧嘩腰で喚《わめ》き、散弾銃の銃口を向けてきた。レミントンの二連銃だった。口径が大きい。

「何もしちゃいない。いきなり跳びかかってきたんで、振り払っただけだ」

「嘘つけ！　振り払っただけで、あんな鳴き方するもんかっ」

「あんたにも責任があるんじゃないのか」

更級は言い返した。

「責任があるだと？」

「そう。ここはゴルフ場なんだ。こんな所で大型犬を放すとは、いったいどういう料簡《りょうけん》なんだっ。非常識も甚《はなは》だしい」

「なんだと！　この野郎、偉そうに。何様のつもりなんだよっ」

「常識ってやつを教えてやっただけだ」

「生意気な野郎だっ。ポール、ちょっと威《おど》してやれ」

男が飼い犬をけしかけた。

低く唸りつづけていたポインターが、勢い込んで突進してきた。

更級は身を屈《かが》めて、狙撃銃の入った長方形のケースを摑み上げた。枯葉や朽葉《くちば》がはらはらと落ちた。

大型犬が迫った。

更級は腰を大きく捻って、キャリングケースを薙《な》ぐように横に払った。的《まと》は外さなかった。ポインターが吹っ飛んだ。

大型犬は本能的に宙で四肢を縮めた。

更級は踏み出さなかった。その場に留《とど》まって、目でポインターを追う。

大型犬は太い樹木にぶち当たり、どさりと地べたに落下した。すぐに起き上がったが、もはや戦意を失っているようだった。重い唸り声をあげるだけで、動こうとはしない。

「ふざけやがって」

飼い主が気色《けしき》ばんで、腰の弾帯から実包を抜き取った。馴《な》れた手つきで、猟銃に弾を込める。

「おれを撃つ気か？」

「ああ、脚《あし》か腕に粒弾を喰らわせてやる！」

「発砲したら、あんたを逮捕することになるぞ」

更級は言った。とっさに思いついた台詞《せりふ》だった。

「おれを逮捕《パク》るだって⁉　それじゃ、あんたは……」

「警視庁警備局の者だ」

「ちょっと待てよ。警備局の人間が、なんだってこんな所にいる？」

「おれは、荻上官房長官の警護をしてるんだ。官房長官はいま、ご友人とプレイ中なんだよ」

更級は澄ました顔で言い、グリーンに視線を投げた。

男が銃口を下げ、弁解口調で謝った。

「どうも大変失礼しました。あなたのご素姓《すじょう》がわからなかったものですから」

「まあ、いい。それより、あんた、猟銃の許可証は持ってるんだろうね」

更級は話を合わせた。

「はい、ちゃんと車の中に。必要でしたら、すぐに取ってきますが……」

「いや、その必要はない。とにかく、早くここから立ち去ってくれ。警護の邪魔になるんでね」

「わかりました」

男は大型犬を従え、そそくさと立ち去った。

とんだ邪魔が入ったものだ。しかし、退屈しのぎにはなった。

更級は苦笑した。

張り詰めていた気持ちが緩《ゆる》んだせいか、一服したくなった。煙草を革ブルゾンのポケットから出しかけ、更級は思い留まった。

林の中から紫煙が立ち昇ったら、カントリークラブの従業員やSPが怪しむかもしれない。そう考えたのだ。

周囲に人影がないのを確かめてから、更級はキャリングケースの蓋を開けた。

装弾済みの狙撃銃を摑み出し、太めの落葉松の陰に入る。更級はM40A1を水平に構えて、十倍のテレスコープに片目を寄せた。

青々とした西洋芝がすぐ眼前に見える。

風は、そよとも吹いていない。絶好の無風状態だった。風が強かったりすると、弾道はまっすぐに走らない。必ず右か左に逸《そ》れてしまう。一発で獲物を仕留めるのは、きわめて難しい。

幸運にも、きょうは完璧な秋晴れだ。曇天の場合は、距離測定を誤ることがある。その点も心配なかった。

更級は、おもむろに安全装置を解《と》いた。スコープに目を当てたままだった。

少し経ってから、テレスコープを左にずらした。

実際には五、六百メートルは離れているバンカーが、すぐそこに見えた。砂の輝きまで見て取れた。

まだ人の姿は見えない。寺久保たち二人は、十五番ホールあたりにいるのだろう。

更級は深く息を吸って、少しずつ吐き出した。深呼吸を幾度か繰り返す。逸《はや》る心が鎮《しず》まった。

それから間もなくだった。

すぐ先のフェアウェイに白いゴルフボールが落ちた。ほぼ真ん中のあたりだった。

ややあって、別の球がバンカー寄りのグリーンに落下した。

もうじき獲物が、こちらにやってくる。更級は舌嘗《なめず》りした。

数分後、テレスコープが寺久保社長と荻上官房長官の姿を捉えた。

二人はゴルフシャツの上に、薄手のセーターを着込んでいた。寺久保の青いセーターはカシミヤのようだった。

二人は歩きながら、軽口を叩き合っているらしい。取り巻きの秘書やキャディーたちが遠慮がちに笑っている。

更級は唇をたわめた。

銀髪の寺久保は、ほとんど笑いっぱなしだった。パートナーの荻上官房長官は案外、剽軽者《ひょうきん》なのかもしれない。

更級は銃身をわずかに泳がせた。

十文字の照準線を寺久保社長の陽灼《ひや》けした広い額に当てる。そのまま相手の動きに合わせて、銃口をゆっくりと動かしていく。

更級は引き金《トリガー》に指を絡ませた。

ほんの少し絞るだけで、銃弾は飛び出す。寺久保は間違いなく死ぬだろう。

更級は背筋がぞくぞくしてきた。

体中の血管が急激に膨れ上がった気がした。血の流れも速くなったように思える。

胸は殺意でいっぱいだった。しかし、あっさり撃ち殺しては、いかにももったいない。この名状しがたい快感をもう少し味わわせてもらうつもりだ。

更級は、テレスコープで獲物を追いつづけた。

寺久保と荻上は、いつの間にか肩を並べて歩いていた。荻上官房長官が向こう側だった。いま撃ったら、荻上を巻き添えにすることになる。もう少し待つことにした。

更級はいったん引き金から人差し指を離し、かすかに汗ばんだ掌《てのひら》をチノクロスパンツになすりつけた。

更級はすぐに指を引き金に戻した。

二人の姿が徐々に大きくなってくる。もう距離は六百メートルを切っているのではないか。

荻上官房長官が急に足を速めた。官房長官は大股で自分の球に近づいた。逆に寺久保の歩みがのろくなった。彼の打ったボールは、すぐそばに転がっていた。

寺久保社長がたたずんだ。

その周《まわ》りには誰もいなかった。

いまだ！　更級は銃床を肩にしっかり固定させた。

息を詰め、十字線を標的《ターゲット》に合わせる。更級は引き金の遊びを絞り込んだ。

ちょうどそのときだった。

寺久保社長の頭から血煙が舞い上がった。

夥《おびただ》しい量だった。寺久保の体が旋回し、芝生の上に倒れた。それきり動かない。

更級は、まだ引き金を絞りきっていなかった。何者かが先に寺久保を狙撃したのだ。

銃声は聞こえなかった。消音器付きの高性能ライフルを使ったにちがいない。

更級は舌打ちして、スコープを振った。

犯人らしい姿はどこにも見えない。何秒か過ぎると、今度は荻上官房長官がグリーンに転がった。近くで土埃が上がった。

秘書とSPらしい男たちが一斉に官房長官に駆け寄る。

彼らは揃って腰を屈《かが》めていた。弾丸を浴びることを避けるためだ。

荻上は自分で起き上がった。

無傷のようだ。男たちが人垣を作って、荻上官房長官をバンカーの窪《くぼ》みまで誘導する。荻上たちは這いつくばって、じっとしていた。

キャディーたちはいち早く林の中に逃げ込んだのか、どこにも見当たらない。

SPらしい男が中腰で、外周路側の林に向かった。

自動拳銃《オートマチック》を握っていた。男は駆けながら、スライドを引いた。初弾を薬室に送り込んだのだ。

更級はテレスコープを使って、落葉松林の奥を覗いた。

樹木や藪が見えるだけで、怪しい人影はなかった。寺久保社長を撃ったのは何者なのか。

更級はM40A1の安全弁を掛け、素早くキャリングケースに収めた。ケースを小脇に抱えて、林の中を走りだした。

ほどなく外周路に出た。

左右を見たが、人っ子ひとりいない。狙撃者は、もっと離れた場所にいるのだろう。

更級は車に駆け寄った。

キャリングケースをトランクルームに突っ込み、運転席に入る。更級はすぐに車を発進させた。

外周路を五、六百メートル走ると、右手の赤松林の中から不審な男が飛び出してきた。黒ずくめのいでたちで、ゴリラのゴムマスクで顔面を覆っている。男は、消音器を噛ませたライフルを握っていた。

ウェザビー・マグナムだった。口径三七八の高性能ライフルだ。

更級は車を停めた。

男が後ろを振り返りながら、外周路を走りはじめた。体つきは、まだ若かった。

男の正体を突きとめることにした。

更級はレンタカーを走らせはじめた。

二百メートルほど先に、一台の四輪駆動車が駐まっていた。緑色のハイラックス・サーフ4WD二四〇〇Dだった。

ゴムマスクの男は、その車の後部座席に慌《あわ》ただしく乗り込んだ。

仲間が待機していたらしい。ライフルを持った男がドアを閉めきらないうちに、四輪駆動車は急発進した。タイヤの軋《きし》みが音高く響いた。

更級は前走車を追った。

ハイラックス・サーフはゴルフ場の外周路をフルスピードで突っ走り、やがて別荘の点在する地域に入った。本格的な冬の訪れが近いせいか、どの山荘も固く閉ざされている。四輪駆動車は別荘地内をやみくもに走り回った。

更級は追跡しつづけた。

どれほど経《た》ってからか、四輪駆動車の後部座席のパワーウインドーが下がった。すぐにゴリラの仮面を被《かぶ》った男が窓から顔を突き出した。

尾行に気づいたようだ。更級は気持ちを引き締めた。

男はいったん首を引っ込めたが、すぐに窓から半身を乗り出した。

消音器付きのライフルを構えていた。サイレンサーは、ビール壜《びん》ほどの大きさだった。狙い撃ちされたら、ひとたまりもない。

更級は減速し、車をS字に走らせはじめた。

ウェザビー・マグナムが小さな銃口炎《マズル・フラッシュ》を吐いた。銃声は、まったく聞こえなかった。

着弾音がした。

金属音が聞こえた。更級は横目で、音のした方を見た。左のドアミラーがそっくり弾き飛ばされていた。

M40A1を後部座席に置いとくべきだった。そうすれば、車から転がり出て反撃できただろう。更級は悔やんだ。

二弾目が発射された。

更級はステアリングを右に切った。音速の二倍で飛ぶ弾丸は、後方に流れていった。ゴムマスクの男は少しも慌てずに、三発目を放ってきた。それは、右のヘッドライトを砕いた。ガラスの破片がフロントガラスにぶち当たった。

これ以上追い回すのは危険だろう。更級は忌々《いまいま》しい気持ちだったが、さらにスピードを落とした。

ハイラックス・サーフが加速した。

ライフルを持った男が首を引っ込め、パワーウインドーを上げた。更級の視界から、じきに四輪駆動車が消えた。

ゴムマスクの男は、きっと殺し屋《プロ》にちがいない。誰に頼まれて、寺久保社長を狙撃したのか。もう少し早く引き金を絞っていれば、この手で寺久保を地獄に送り込んでやれたのだが……。

更級は悔やんでも悔やみきれなかった。

といって、ゴムマスクの狙撃者の正体を探《さぐ》る手がかりは何もない。一層、腹立だしかった。

更級は右折して、エスティマを国道一三九号線に向けた。河口湖ＩＣから中央自動車道を使って、東京に舞い戻るつもりだった。

国道一三九号線は、うんざりするほど渋滞していた。
この分だと、東京迄三時間はかかるだろう。
更級はカーラジオのスイッチを入れた。徒労感だけが濃かった。

# 第二章　私設処刑機関

## 1

ドア・ポストから朝刊を抜く。

起きぬけだった。すでに陽が高い。

正午を回っていた。パジャマ姿の更級は新聞を手にして、居間に戻った。

長椅子に腰かける。世田谷区下馬《しもうま》にある賃貸マンションの自分の部屋だ。間取りは1LDKだった。

更級は朝刊を拡《ひろ》げた。

旭光建設の寺久保社長が河口湖近くのゴルフ場で射殺されたという記事は、一面と社会面に載《の》っていた。どちらもトップ扱いだった。

更級は記事を丹念に読んだ。

寺久保は即死だった。一緒にプレイをしていた民自党の荻上官房長官も狙撃されたが、被弾しなかった。警察は犯人の手がかりを何も摑んでいない。

　記事のあらましは、そんなふうだった。

　寺久保をこの手で葬《ほうむ》れなかったことが無念でならない。更級は新聞を折り畳んで、コーヒーテーブルに投げ出した。

　煙草に火を点け、テレビの電源スイッチを入れる。ちょうどニュースが報じられていた。海外ニュースだった。

　すぐに画像が変わり、男性アナウンサーの顔が映った。

「次のニュースです。法務大臣の奈良林《ならばやし》峻三《しゅんぞう》氏が亡くなりました。今朝十一時過ぎ、首都高速三号の上り線を走行中の乗用車が突然、爆発を起こし、炎上しました。後部座席に乗っていた奈良林大臣と車を運転していた第一公設秘書の若原保《わかはらたもつ》さん、四十七歳の二人が焼死しました」

　アナウンサーは言葉を切って、すぐに言い継《つ》いだ。

「警察の調べによると、奈良林法務大臣の車には時限爆破装置が仕掛けられていました。事件の詳報が入り次第、お伝えします。現在、三号線は上下線とも車輛通行止めになっています。次は火事のニュースです」

　アナウンサーが視線を落とした。画面が変わった。

　更級は煙草の火を消し、テレビの電源スイッチを切った。

きのうは寺久保社長が射殺され、きょうは法務大臣が爆殺された。政財界の大物が相前後して殺されたのは、ただの偶然なのか。何かが胸に引っかかった。

荻上官房長官も狙われたようだから、どうも偶然とは思えない。おそらく何者かが政財界の重鎮の暗殺を企んでいるのだろう。

更級はリビングソファから立ち上がった。

洗面所に向かった。洗顔を済ませ、寝室で着替えをする。身につけたのは、黒いタートルネック・セーターとダークグリーンのチノクロスパンツだった。

寝室を出ると、ダイニングキッチンに直行した。さすがに腹が空いていた。

更級はコーヒーを沸かし、スクランブルエッグをこしらえた。それに、生ハムと罐詰のアスパラガスを添《そ》える。

更級は料理が嫌いではなかった。

本格的なブイヤベースまで作る。しかし、朝はいつもパン食だった。

更級はコンパクトな食堂テーブルに向かって、ブランチを摂《と》りはじめた。コーヒーはブラックだった。

なにか仕事を探さなければならない。

バタートーストを齧《かじ》りながら、更級は本気で考えた。貯えは、そろそろ底をつきかけていた。前科がなければ、弁護士になる途《みち》もある。しかし、それはもはや叶わぬ夢だ。

　更級は溜息をついた。

　そのとき、部屋のインターフォンが鳴った。腰を上げ、居間の壁まで歩く。受話器を外して、更級は問いかけた。

「どなた？」

「生駒《いこま》です。生駒敬介《けいすけ》ですよ」

「ああ、あんたか」

　更級は努《つと》めて平静に応じたが、内心、穏《おだ》やかではなかった。生駒は、警視庁捜査一課殺人捜査犯第五係の刑事だった。

「突然お邪魔して、申し訳ありません」

「用件は？」

「折り入ったお話があるんですよ。お手間は取らせません」

　生駒が言った。彼は更級と同じ三十四歳だが、いつも遜《へりくだ》った口をきく。一般に刑事は、検事に一目置く傾向があった。

「いま、ドアを開けるよ」

　更級はインターフォンの受話器をフックに返し、玄関口に急いだ。ドアを開けると、地味な色合のスーツを着た生駒が折目正しく腰を折った。

「更級さん、お久しぶりです。すっかりご無沙汰してしまって」

「とにかく、入ってくれないか」

更級は来訪者を招き入れた。

生駒がリビングソファに坐る。更級は、二人分のコーヒーを手早く用意した。

二つのマグカップを卓上に置き、生駒の斜め前に腰を下ろす。長椅子のほうだった。

「いろいろ大変でしたねえ。コーヒー、いただきます」

生駒がそう言い、マグカップを摑み上げた。更級もそれに倣《なら》って、生駒を促《うなが》した。

「早いとこ用件を言ってもらいたいな。ここに来たのは、何かの事情聴取かい？」

「そうか、更級さんはご存じなかったんですね」

「なんのこと？」

「わたし、もう会社の人間じゃないんですよ。もうだいぶ前に辞めたんです」

生駒が言った。会社というのは警視庁のことだ。刑事たちは警視庁を本社と呼んだり、所轄署を支社と言ったりすることがある。

「なぜ、辞めたの？」

「刑事の仕事に情熱を失ったからですよ」

「何かあったようだな」

「ええ、ちょっとね。よくある話です」

「ある事件の捜査に外部から圧力《アツ》がかかったんじゃないのか。図星だね？」

「その通りです。さすがは、元特捜部のエリート検事さんだ」

「よしてくれ」

「汚職絡みの殺人事件の捜査から、自分だけ外されたんですよ。それで厭気《いやけ》がさして、辞めちゃったんです。わたし、短気なもんですから、つい……」

　生駒が苦笑して、コーヒーをひと口啜《すす》った。

　この男は、いったい何をしに来たのか。更級は少し警戒した。しかし、下手に探《さぐ》りを入れないほうがよさそうだ。

「きのう、河口湖のそばのゴルフ場で旭光建設の寺久保社長が何者かに射殺されましたよね」

　不意に生駒が言った。

「ああ、そうだな。さっき、新聞を読んで知ったんだ」

「更級さん、どんなご気分です？」

「それ、どういう意味なんだっ」

「別に深い意味はありません。ただ、更級さんは旭光建設に対して、あまりいい感情を持っていないんではないかと思ったもんですからね」

「昔のことは、もう忘れてしまったよ」

「旭光建設っていえば、かつて常務秘書をやってた三雲智沙って女がこの間、ガス自殺をしましたね」

「それは知らなかったな」

更級は空とぼけた。

「おや、そうですか。新聞にでかでかと載ってましたし、テレビのニュースでも取り上げられましたがね」

「ここのところ、職探しで飛び歩いてたんだよ」

「そうですか。それから、藤枝賢吾副社長もどこかを怪我して入院中らしいですよ。旭光建設はかなりあくどいことをしてたようですから、誰かの恨みを買ったんでしょう」

「なんか奥歯に物が挟まったような言い方だな」

「更級さん、新宿の浜崎組の組長から何か買いませんでした？」

「何が言いたいんだっ」

「そんなにおっかない顔をしないでくださいよ。わたしは、もう刑事じゃないんですから」

「そっちは、出所後のおれを尾《つ》けてたんだな」

「ええ、そうです。失礼だとは思ったんですけどね。自由が丘駅では、ひやりとしました」

「なんで尾行なんかしたんだ？」

「わたしは、更級さんが旭光建設に何らかの落とし前をつけるはずだと睨んだんですよ」

「おれを強請《ゆす》りにきたのか」

更級は切り返した。

すると、生駒が慌《あわ》てて顔の前で手を振った。

「ちがいます、ちがいます。それは曲解ですよ。いくらなんでも、恐喝屋にまで堕《お》ちてません」

「はっきり言っておこう。三雲智沙と藤枝を少々痛めつけたことは認めるが、おれは寺久保社長は殺《や》ってない」

「しかし、寺久保を狙撃するつもりで河口湖のゴルフ場まで出かけたんでしょ？」

「そこまで調べ上げてるんだったら、おれが狙撃銃の引き金を絞らなかったこともわかってるだろうが！」

「おっしゃる通りです。更級さんがM40A1《ワン》を撃つ前に、寺久保社長はゴリラのゴムマスクを被った男に射殺されました。そのことは、わたしの仲間が確認しています」

「あんたの仲間⁉」

「ええ、正確には部下ということになります」

「そっちの目的は何なんだ？」

　更級は単刀直入に訊《き》いた。

「それでは申し上げましょう。あなたに手を貸してほしいんですよ」

「どういうことなんだ？」

「更級さん、わたしは、ある闇の組織に属してます。といっても、いわゆる犯罪組織とは繋がっていません。それから、国家とも無関係な組織です」

「話が回りくどいな」

「ええ、確かにね。しかし、ものには順序ってものがありますでしょ？」

「それはそうだが……」

「少し喋《しゃべ》らせてください。かつてはわたしも法の番人のひとりでしたが、いまの法律は無力です。そのことは更級さんも、体験で痛感させられたはずです」

「まあね」

「いまはあえて名を秘しますが、ある人物が一年前に私設処刑機関を結成したんですよ」

「法では裁けない悪党どもを密かに処刑するってわけか」

「その通りです。わたしは表向きは、その老人の秘書ってことになっていますが、裏の顔は処刑班のチーフなんですよ」

「驚きだな」

「機関には、情報収集班もあります。彼らがさまざまな情報を集め、わたしたちのチームに協力してくれてるわけです」

「そっちの話は、まるで安手の劇画だな。いくらわけのわからない世の中でも、私設処刑チームが実在するなんて、とても信じられない」

「それでは、わたしが闇の組織の人間であることを証明しましょう」

生駒はかすかに笑って、右手で懐を探《さぐ》った。

次の瞬間、元刑事はヘッケラー&コッホP7を取り出した。ドイツ製の自動拳銃だ。

「モデルガンじゃなさそうだな」

更級は言った。

「こいつは、真正銃《しんせいじゅう》ですよ。護身用の拳銃《ハンドガン》です。仕事が仕事ですので、敵も多いんですよ」

「拳銃を持ってるからって、処刑チームのキャップだという証明にはならないぞ」

「どうしてです？」

「そっちは元刑事なんだ。その気になれば、暴力団関係者から、そいつを手に入れることもできるからな」

「なるほど。現に元検事の更級さんも、浜崎組の組長からテレスコープ付きの高性能狙撃銃を入手してますものね」

　生駒がにやつきながら、自動拳銃をショルダーホルスターに戻した。

　この男の話は、でたらめではなさそうだ。更級は、そんな気がしてきた。

「そうだ、更級さん。国債を使った新手《あらて》のネズミ講で数十億円を掻き集めた男が、数カ月前に忽然と姿をくらました事件を憶《おぼ》えてらっしゃいます？」

「憶えてるが……」

「あの男は、うちのチームが抹殺したんですよ。それから霊感商法で大儲けした男と悪質な手形のパクリ屋を先月、われわれの手で葬《ほうむ》りました」

「あんたは社会正義のために体を張ってるのか。ご立派なことだ」

　更級は言葉に皮肉を込めた。

「そんな気負いはありません。わたしは、ボスに一種の恩返しをしてるだけです」

「恩返し？」

「ええ、そうです。ボスとわたしは郷里が同じでしてね、いろいろ世話になったんですよ」

「麗《うるわ》しい話だ」

「茶化さないでください。わたしはボスの援助で、大学を出たんです。本来なら、とても進学なんかできるような家庭ではありませんでした。わたしが六つのときに、親父が病死してしまったんでね」

「そっちの話に出てくる老人は、一種の足長おじさんってわけか」

「ま、そういうことになりますかね。老人に学費を出してもらって大学を卒業した者は、わたしだけじゃないんです。五十人近くいます」

「いまどき奇特な人がいるもんだ」

「ええ。ボスの世話になった連中の多くが、いまや政官界や経済界でかなりのポストに就《つ》いてます」

生駒が言った。更級は黙って聞いていた。

「そういう彼らの大多数が老人の考えに共鳴して、それぞれ進んで情報を流してくれてるんですよ」

「ふうん」

「ここまでお話しすれば、少しは信じてもらえましたか？」

「半分は信じてもいいな」

「訪ねた甲斐があります」

生駒が軽く頭を下げた。

「しかし、なんでおれを仲間に引きずり込む気になったんだ？」

「あなたの正義感と度胸を買ったわけです。それから、ほんのちょっぴり更級さんの運の悪さにも同情しています」

「確かに、おれは運がいいとは言えないよな。旭光建設の仕掛けた罠に、まんまと嵌《は》まってしまったんだから」

「そのことなんですけど、更級さんは旭光建設の寺久保や藤枝の背後に、ある人物がいたことをご存じですか？」

「なんだって⁉　寺久保たちが謀《はか》って、おれを陥れたんじゃなかったのか」

「チームの調べによると、寺久保たちを焚《た》きつけたのは右翼の大物です。その男が、あなたを前科者に仕立てるよう指示したようです」

「その話、本当なのか？」

「もちろん、事実です。必要でしたら、寺久保社長とその大物との密談音声をお持ちしてもかまいません」

「機会があったら、そのテープを聴いてみたいね。それで右翼の大物って、誰なんだ？」

「織部典生《おりべてんせい》ですよ」

「えっ、あの怪物か」

思わず更級は唸った。

織部典生は超大物だった。彼の前歴は謎の部分が少なくないが、戦後は一貫してフイクサーとして暗躍している。政財界に睨みをきかせ、暗黒の世界も支配していた。

九十八歳だが、いたって元気だ。八十一、二歳にしか見えない。

「織部ほどの人物が動いたってことは、更級さんが密かに捜査してた贈収賄事件には現職の大臣のほかにも超大物の政治家が絡んでたと見て間違いないでしょうね」

「ああ。おれは、民自党の長老のひとりが事件に関わってたと睨んでたんだよ」

「そうですか。しかし、証拠はとうに湮滅《いんめつ》されてるでしょう」

「だろうな」

「あの事件を洗い直したところで、もう巨悪に手は届きません」

「癪《しゃく》な話だが、うなずかざるを得ないな」

「更級さん、その織部典生が何か企んでるようなんですよ」

生駒が言った。

「何かって?」

「それは、まだわかりません。しかし、奴は絶対に何かやらかす気ですよ。確信があるんです。われわれは織部の陰謀を暴《あば》きたいんです。更級さん、どうか手を貸していただけませんか?」

「こっちは、徒党を組むのが苦手なんだよ。織部がおれを前科者に仕立てた黒幕かどうか、自分自身で調べてみる。場合によっては、奴と刺し違えてもいい」

「気持ちはわかりますが、現実にはちょっと無理でしょうね。織部のガードは、驚くほど固いんです。たったひとりで織部に近づくことは不可能でしょう」

「あんたは、どうしてもおれを闇の組織とやらに引きずり込みたいようだな」

「ええ、そのつもりでうかがったわけですので」

「そうまで熱心におれを口説《くど》くのは、なぜなんだ？　さっきの話だけじゃないと思うんだが……」

「いいでしょう、正直に話します。わたしは、更級さんに自分の仕事を引き継いでもらいたいと考えてるんですよ」

「そっちは、何か理由《わけ》があって、引退するのか？」

　更級は訊《き》いた。

「実はわたし、余命いくばくもないんです」

「どこが悪いんだ？」

「癌に罹《かか》ってるんですよ。肺と膵臓《すいぞう》をやられてます。医者の話では、あと一年そこそこの命だそうです」

「それにしては、あまりやつれが見えないな。顔色も悪くないよ」

「制癌剤で、何とか病魔をなだめてるんですよ。間歇的《かんけってき》に襲ってくる激痛はモルヒネ注射で抑《おさ》えてるんです。血色がよく見えるのは、薄く頰紅をつけてるからですよ」

「そうだったのか」

「話を戻します。いかがでしょうか?」

生駒がそう言って、探るような眼差しを向けてきた。

「せっかくのお誘いだが、おれにはそっちの代役なんか、とても務まらないよ。あんたみたいに射撃術や格闘技に長《た》けてるわけじゃないからな」

「いやいや、どうして。更級さんの武勇伝、いろいろ聞いてますよ。それはともかく、うちのチームにはプロの仕事人が揃っています。ですから、更級さんにはみんなをまとめていただければ結構なんです」

「しかし、巨悪狩りなんて大層なことをやるだけの義憤も情熱も、いまはもうないな」

「なあに、そんなものはなくったっていいんですよ。わたしを含めてチームのみんなは、必ずしも社会正義のために活動してるわけではありません。金のためや退屈しのぎに処刑人を志願した奴がほとんどです」

「そうなのか」

「一度、老人やチームの仲間に会っていただけませんか? お願いします」

「しぶとい男だな」

「えへへ。処刑チームに加わっていただけたら、もちろん生活の苦労はさせません」

「参考までに報酬を訊いとくか」

「年齢、性別、学歴、キャリアの有無《うむ》に関係なく、一律に月給は百五十万円です」

「危険手当みたいなものは？」

「そういったものはありませんが、活動中に死んだ場合は遺族に二億円の死亡退職金が支払われます」

「労働条件は悪くなさそうだな」

「とにかく、ボスに会ってみてくれませんか？　ボスの名は植草甚蔵《うえくさじんぞう》です。組織の名前は『牙』です」

「植草甚蔵？　どっかで聞いた名だな」

「都合がよろしければ、今夜にでもボスの邸《やしき》にお連れしますよ」

「あんたの足長おじさんに会ってみるか」

更級は気持ちを動かされていた。生駒が嬉しそうに笑った。

## 2

スウェーデン製のボルボが停《と》まった。

植草邸の車寄せだった。邸《やしき》は東京・国立《くにたち》市の外れにあった。

更級は、助手席から庭を眺めた。とてつもなく広い。敷地は三千坪はありそうだ。

庭木は手入れが行き届いている。庭園灯の数が多い。

「ここはボスの自宅ですが、『牙』の本部でもあります」

生駒が言って、エンジンを切った。更級は言葉を返した。

「ばかでかい家だな」

「ええ、まあ」

「ひとりで放り出されたら、迷子になってしまうな」

「オーバーだな。どうぞお降りください」

生駒が促《うなが》した。

更級は小さくうなずき、メタリックブラウンのボルボS60を降りた。組織の車らしかった。生駒もすぐに外に出てきた。昼間と同じスーツ姿だった。更級はセーターの上に、マウンテンパーカを羽織っていた。

「こちらからどうぞ」

生駒に導かれて、和洋折衷の家屋に入る。建物そのものは古いが、なかなか凝った造りだ。玄関ホールは、ちょっとしたホテルのロビー並だった。

更級は広い応接間に通された。

誰もいなかった。深々としたソファに腰を沈めると、生駒が告げた。

「いま、ボスを呼んできます」

「メンバーになるかどうかは、足長おじさんの話を聞いてからだぜ」

更級は釘をさした。

「わかってますよ。すぐに戻ってきます」

生駒が大股で部屋を出ていった。

更級は脱いだパーカのポケットから、煙草とライターを摑み出した。マールボロをくわえて、火を点ける。

更級は紫煙をくゆらせながら、室内を眺め回した。

頭上のシャンデリアは外国製らしかった。調度品の類《たぐい》も、いかにも高価そうだ。

白い壁には、パリに没した著名な日本人洋画家の作品が掲げられている。まさか複製画ではないだろう。

短くなった煙草の火をクリスタルの灰皿の中で揉み消したとき、ドアのノブが回った。

更級は居ずまいを正した。

ドアが開いた。生駒のかたわらには、大島紬の袷《あわせ》を着た小柄な老人が立っていた。

短く刈り込んだ髪は真っ白だった。痩せている。どことなく鳥を連想させる顔立ちだ。

テレビか、雑誌で目にしている顔だった。誰だったろうか。更級はそう思いながら、ソファから立ち上がった。

老人がにこやかに会釈《えしゃく》した。

その笑顔を見た瞬間、記憶の糸が繋がった。目の前にいる老人は、数々の伝説に彩《いろど》られた相場師だった。

「わざわざご足労願って、すまなんだね」

植草甚蔵が歩み寄ってきて、更級の前に坐った。更級は名乗り、型通りの挨拶をした。

「堅苦しい挨拶は抜きや。わし、植草だす。更級君、楽にしてんか。きみのことは、生駒君から聞いとる」

「植草さんは関西のご出身でしたっけ？　確か雑誌のインタビュー記事には……」

「ほんまは名古屋の生まれや。このけったいな関西弁はインチキやねん。わしに相場のことを教えてくれたお仁《ひと》が大阪ん人やったんで、いつの間にか、なんやうつってしもうてな」

「そうだったんですか」

更級は控え目に笑って、ソファに腰を落とした。

老人の第一印象は悪くなかった。生駒がブランデーの用意をして、植草老人の横に坐った。

「お近づきのしるしに飲もうやないか」

植草が真っ先にブランデーグラスに腕を伸ばした。レミーマルタンだった。

更級と生駒は、同時にグラスを手に取った。芳醇な酒は微妙な色合をしている。香りも高い。

「最近はあまりマスコミに登場されなくなったようですが、何か心境の変化でも？」

更級はブランデーをひと口含《ふく》んでから、植草に話しかけた。

「わしな、一昨年の秋に引退してん。相場張ることに、なんやロマンを感じんようになってしもうてな」

「ロマンとは、意外なお言葉ですね」

「わしの柄やない言いたいねんやろ？」

「いいえ、そこまでは……」

「かまへん、かまへん。こないなこと言うたら、笑われるかもしれんけど、わしな、若い時分から株っちゅうもんに、ある種のロマンを抱いとったんや。そやから、六十年も相場に熱中できたんちゃうやろか」

植草が照れながら、そう言った。

「そうかもしれませんね」

「けど、ほんまに時代が変わってしもうた。いまの相場には夢もロマンもあらへん。あるのんは、ただの金欲だけや。ほんまに淋しい時代やね」

「確かに、そういう印象は受けます。投資家たちは金だけを追い求めてる感じですから」

「ほんまに嘆かわしい世の中やで。普通のおばはんまで株式セミナーに通《かよ》うて、金儲けに狂奔しとる。世の中、あほばっかしや」

「お金万能の世の中とはいえ、確かにおかしな人間が増えましたよね」

「その通りや。別にわし、国粋主義者やないけど、このままやったら、日本は滅びるで。そりゃ山河は残るやろうけど、日本人の心っちゅうもんは死んじまう」

「もう死にかけてるんじゃないですか」

「そうかもしれんな。政治家は名誉や利権ばかり追いくさってるし、財界人も平気で商道に外れたことばっかりやっとる。役人どもの精神も腐っとるわ」

「学者や言論人だって、どうかしてますよ。好景気のころは平然と未公開株を譲り受けて、売却益を得てた奴が何人もいたんですから」

「どいつもこいつも、金に振り回されてるんや。情けない話やで。人間、理想や誇りを失ったら、おしまいや」

「なんか耳の痛くなるような話になってきたな」

更級は微苦笑した。植草が真顔《まがお》で訴えた。

「わし、この国を救いたいねん。そりゃ、個人のやれることは微々《びび》たるもんや。だからというて、何もせんかったら、ほんまにこの国は滅びるで」

「滅びるなら、滅びればいいんですよ」

「そんな悲しいこと言いなや。いまなら、まだ間に合うやろ。そんな経緯《いきさつ》があって、わしは巨悪狩りをする気になってん」

「そうですか」

「世の中には、法網《ほうもう》を巧《たく》みに潜《くぐ》り抜けとる悪人が大勢おる。特に権力を握っとる連中は狡《ずる》賢い。そういう連中は、生かしておくわけにはいかんやろ？」

「お年齢《とし》の割には、お考えが過激ですね」

更級は茶化した。

「わしかて、できれば悠々自適の生活を送りたい思うてるねん。けど、誰かが立ち上がらなんだら、この国は人間の仮面を被った獣《けだもの》だらけになってしまうやないか」

「そうですね」

「幸い、わしには多少の財産がある。ばあさんはとうの昔に死んでもうたし、子には恵まれなんだ。せやさかい、全財産を悪党退治につぎ込んでも、どっからも文句は言われへんねん」

「立派なお考えですね。なかなか真似《もん》のできることじゃありませんよ」

「皮肉を言うたら、あかん。若い者が傍観者になり下がったら、国の将来はないやないか」

「お言葉ですが、わたしは社会正義のために何かをするほど若くありません」

「正義感などのうてもかまへんのや。それにな、三十代はまだ若造やないか」

「まだ若造ですか」

「そうやね。更級君、きみには私憤があるはずや。理不尽な扱いを受けただけでも、悪人どもに牙を剝《む》く資格があるんとちゃうか？」

植草がそう言い、ひと息にブランデーを飲み干した。元相場師の言葉には、妙に説得力があった。

労働条件は悪くない。バイト気分でチームに加わってみるか。更級は密かに思った。

「どうやろ、生駒君をサポートしてくれへんか」

「一つだけ条件があります」

「何やねん？　それは？」

植草が片手を耳の後ろに宛《あ》てがった。少々、耳が遠いらしい。

「わたしは気まぐれな男でしてね。すぐに仕事に飽きるかもしれません。そのときは、いつでも脱《ぬ》けさせてもらえます？」

更級は相手の顔を見据えた。

植草が曖昧《あいまい》に唸って、左隣に坐っている生駒の顔を見た。生駒が無言でうなずく。

「きみの条件は呑《の》もうやないか」

「わがままを言って、すみません」

更級は軽く頭を垂れた。

「月々の手当のことなんかは、もう生駒君が話したんかな？」

「ええ、聞きました。待遇面では何も不満はありません」

「そっか。ほんなら、これで決まりやな」

植草は更級に言い、すぐに生駒に声をかけた。

「おい、酒を注がんかい」

「は、はい」

生駒が焦《あせ》った感じで、三つのグラスにブランデーを注ぐ。

それを見ながら、植草老人が目を細めた。老人は生駒敬介を自分の息子のように思っているのだろう。

三人は改めて乾杯した。

更級はふた口ほど喉に流し込んでから、ボスに問いかけた。

「早速ですが、わたしの初仕事の内容を教えてください」

「きのう、旭光建設の社長で全日本商工会議所の会頭でもある寺久保恒久が射殺され、きょうはきょうで奈良林法務大臣が爆殺されたやろ？」

「ええ」

「政財界の重鎮が相次いで殺されたんは、何か大がかりな陰謀があるからや思うねん」

「確かに、ただの偶然とは考えにくいですよね。もうご存じでしょうが、わたしは寺久保が撃たれたところを目撃しています」

「そやてな」

「あのとき、荻上官房長官も狙われました。そのことからも、ボスの推測は当たってるでしょう」

「生駒君たちと一緒に、その陰謀を暴《あば》いてほしいねん。そして、首謀者を闇に葬ってほしいんや」

「わかりました。生駒氏の話によると、織部典生の影がちらついてるということでしたが……」

「それは、生駒君が説明したほうがええんやないか？」

「そうですね」

生駒が相槌を打つ。

「わし、これで奥に引き取らせてもらってええか？」

「どうぞ、どうぞ。後《あと》は、わたしが引き受けましたから」

「ほんなら、すまんけど、よろしゅう頼むわ」

植草が立ち上がった。更級は腰を浮かせかけた。老人が手で制す。

「立たんかて、よろしい。もうわしらは仲間なんやから、いちいち挨拶なんかせんかてええんや」

「それじゃ、このままで失礼します」

「かまへん、かまへん。ほんじゃ、先に寝《やす》ませてもらうで。年齢《とし》取ると、朝が早いもんでな」

　ボスはそう言って、応接間から出ていった。スリッパの音が遠ざかる。

　生駒が口を開いた。

「話のつづきですが、織部の秘書の熊井《くまい》雄二《ゆうじ》がここ半月あまり前から、死んだ寺久保や奈良林大臣の身辺をうろついてたんですよ」

「どういうことなんだろう？」

「多分、熊井は殺された二人のスケジュールを探《さぐ》ってたんでしょう」

「それじゃ、織部が寺久保や奈良林を消したと？」

「まだ判定はできませんが、その疑いは濃いと思います。抜け目のない織部のことですから、当然、自分に疑いがかからないよう細工はしたでしょうけどね」

「つまり、第三者を使って二人を抹殺させたってことだな」

「ええ、おそらく」

「織部自身が何かとんでもないことを考えてるんだろうか。それとも、あの怪物は単なる雇われ人なんだろうか」

「そのへんはまだはっきりしないんですが、わたしは後者じゃないかと考えてます」

「そう」

　更級はいったん間を取り、言葉を重ねた。

「それはそうと、そっちの部下がおれを河口湖のゴルフ場まで尾けてきたって言ってたよな？」

「ええ」

「その部下は、寺久保を狙撃したゴムマスクの男の正体を突きとめたのかい？」

「いいえ。残念ながら、途中で撒《ま》かれてしまったそうです」

「そうなのか」

「仲間の報告によると、四輪駆動車で逃げた男たちは日本人じゃなかったそうです。運転してた男は東南アジア系の容貌だったというんですよ」

「そういえば、高性能ライフルを持ってた奴の首筋や手は浅黒かったな」

「わたしは、タイあたりの殺し屋《プロ》だと見てるんですがね」

「ただのごろつきじゃないことは確かだろうな。狙撃者は、かなりの腕だったよ。寺久保の頭をきれいに撃ち砕いたからな」

「そうらしいですね。ただ、ちょっと腑に落ちないことがあるんです」

「何だい、それは？」

「犯人は、荻上官房長官のほうは撃ち損なってますよね」

「あれは、単なる威嚇射撃だったんだろう。あれだけの射撃術を持つ男が仕留め損なうはずないからな」

「なるほど、そうも考えられますね」

生駒が大きくうなずいた。更級は問いかけた。

「ところで、奴らを突きとめる作戦はもうできてるのかな？」

「これといった手がかりもありませんから、とりあえず織部邸に出入りする人物をチェックして、秘書の熊井の動きを調べてみようと思っているんです」

「四輪駆動車のナンバーからは、何も摑めなかったのか？」

「ええ、ナンバーは偽造だったんですよ。それに新聞発表の通り、銃弾や薬莢《やっきょう》からは何も出てきませんでしたんで」

「しかし、そっちの仲間は四輪駆動車のドライバーの顔をはっきり見てるんだろう？」

「ええ。それで、入国管理局から手に入れた入国者リストをチェックしてみました。ですが、その男はリストに載っていませんでした」

「そう」

「織部たちをマークするだけじゃなくて、閣僚や大物財界人にも部下を張りつかせるつもりです。犯人たちが、また誰かを狙うかもしれませんからね」

「オーソドックスな手だが、さし当たってはそれしか方法がなさそうだな」

「更級さん、妙案があったら、遠慮なく言ってくれませんか」

「そっちがチーフなんだ。いちいちおれにうかがいをたてる必要なんかないよ」

「しかし、更級さんは検事だったお方だから……」

「そいつは昔の話だ。そっちもおれも、いまはただのはぐれ者じゃないか」

「それはそうですけど」

「生駒さん、そういうかしこまった喋り方はやめてもらいたいな。同い年の男にそんな喋り方をされると、なんか落ち着かなくなるんだよ」

「そうですか」

「本来なら、こっちがそっちに敬語を使わなきゃならない立場なんだ。しかし、そいつもちょっとわざとらしい気がしてね」

「わたしに敬語だなんて、とんでもない」

生駒が顔の前で、右手を泳がせた。

「とにかく、対等な口をきいてほしいな」

「更級さんがやりにくいんでしたら、わたし、努力してみますよ。いや、努力しよう」

「その調子で頼むよ」

「あ、ああ。それじゃ、処刑班の仲間を紹介しよう。みんな、別室に揃ってるんだ」

「なら、挨拶しておくか」

更級はブランデーグラスを卓上に置いた。

生駒が先に腰を上げ、ドアに向かった。更級は後《あと》に従った。

案内されたのは、奥にある広い洋室だった。そこには四人の男女がいた。男が三人で、女がひとりだ。四人はテーブルについて、ポーカーに興《きょう》じていた。

「みんな、新しいメンバーだ」

生駒が声をかけると、四人は次々に椅子から立ち上がった。四人とも、ひと癖もふた癖もありそうな面構えだ。

更級は自己紹介した。

口を結んだときだった。二十六、七歳の男が、手にしていたカードをいきなり投げつけてきた。かなりの速度だった。更級は、水平に飛んできたスペードのエースを右手で振り払った。カードは床に落ちた。

すると、男が口を開いた。

「意外に反射神経は悪くねえな。のろまな奴だと、お荷物になるからね」

「おれは、もう自己紹介した。相手が名乗ったら、自分の名前ぐらい言うもんだろうが。その若さで、耳が遠いのか?」

更級は、男を鋭く睨《ね》めつけた。

「面白くねえ野郎だな。元検事だからって、突っ張るんじゃねえや」

「おれは、常識ってやつを教えてやっただけさ」

「けっ、気取りやがって。おれはエリートが大っ嫌いなんだ。あんたの面《つら》見てるだけで、むかつくぜ」

「おれはエリートなんかじゃない。もう前科《マエ》持ちだからな」

「悪党《ワル》ぶったって、絵にならねえよ」

男が顔を背《そむ》けた。クルーカットで、体軀《たいく》は逞《たくま》しかった。

更級は鼻先で笑った。相手が気圧《けお》されたのは、はっきりと感じ取れた。

「あいつは野尻健人《のじりけんと》っていうんだ」

生駒が男に視線を向けながら、にやついた顔で言った。

さっきの遣《や》り取りを面白がっている様子だった。更級は曖昧にうなずいた。

「野尻は写真専門学校を中退して、フランス陸軍の外人部隊に志願した変わり種なんだ」

「ふうん」

「少々気は荒いが、根はいい奴でしてね。無類の女好きだけど、仕事はできる。銃の扱いには馴《な》れてるし、ナイフ投げが得意なんだ」

生駒の言葉を野尻が遮《さえぎ》った。

「チーフ、余計なことは言わねえでくれ」

「プロフィールぐらい紹介するのが礼儀だろうが」

「チーフまでそんなこと言いやがるのか」

野尻は不服そうに言って、ポーカーテーブルに着いた。

そのとき、三十歳前後の細面の男が更級の前に進み出た。どことなく翳《かげ》りのある面《おも》差《ざ》しだった。

「芳賀卓《はがすぐる》です。どうぞよろしくお願いします」

「こちらこそ、よろしく！」

更級は笑顔を返した。

芳賀が軽く頭を下げ、握手を求めてきた。更級は握り返した。

握手を解くと、芳賀が言った。

「わたしも、まだ新入りなんですよ」

「いつからメンバーに？」

「半年前からです。マカオのカジノで生駒さんと知り合って、チームに誘われたんです」

「プロのギャンブラーだったのかな、以前は？」

更級は訊いた。

「いやあ、マカオはただの観光だったんです。賭け事は嫌いじゃありませんがね」

「しかし、サラリーマンをしてたようには見えないな」

「三年前まで、航空自衛隊でジェットパイロットをしてました」

「なんで退官したの？」

「上官とうまくいかなくなって、飛び出しちゃったんですよ」

「その後は？」

「ヨーロッパ各地やアフリカを放浪してました。無銭旅行に近かったから、そりゃ、ひどい暮らしでしたよ」

芳賀が目礼し、数歩退《さ》がった。

更級は、近くにたたずんでいるワンレングスの女に目を向けた。個性的な美人で、プロポーションもいい。

生駒が更級に顔を向けてきた。

「チームの紅一点なんだ。一ノ瀬《いちのせ》悠子《ゆうこ》、二十五歳。元スタントウーマンで、現在はエアロビクスのインストラクターなんですよ。もっともそれは、世間を欺《あざむ》くための表稼業だけどね」

「チーフったら、デリカシーに欠けるんだから。なにも年齢まで教えなくてもいいでしょ！」

悠子がそう言って、生駒を甘く睨んだ。生駒が頭に手をやる。

なかなか魅力的な女だ。更級は、そう感じた。

一ノ瀬悠子は勝ち気そうだが、それでいて女っぽさを失っていない。服装の趣味も悪くなかった。悠子は男仕立てのざっくりしたツイードスーツを身につけていた。白いロールカラーのシャツブラウスが、女らしさを演出している。

「このレディーは少林寺拳法三段で、フェンシングの心得もあるんだ。それから、車はA級ライセンスを持ってるんだよ。頭の回転も速いし、飛びきりの美女だしね」

生駒が付け加えた。

「スーパーレディーってわけか」

「そうだね。きっと神さまがえこひいき、いいきしたんでしょ？」

「そうみたいだな。プロポーションも申し分ない」

「どうやら更級さんの好みのタイプらしいな」

「さあ、それはどうかね。少なくとも傭兵《ようへい》上がりの坊やみたいに、おれの神経を逆撫《さかな》でしないことは確かだ」

更級は聞こえよがしに言い、野尻に視線を当てた。

すぐに野尻の顔が険《けわ》しくなった。

「おい、坊やとは何だよ！　あんた、おれに喧嘩を売ってんのかっ」

「そんなふうにすぐ逆上するのは、まだ大人になりきってない証拠だな」

更級は軽くいなした。

野尻が憤然と立ち上がった。椅子が不快な軋《きし》み音をたてた。

芳賀が野尻に走り寄って、小声で何か言った。野尻は憎々しげに更級を睨んだが、挑《いど》みかかってはこなかった。不貞腐《ふてくさ》れた態度で椅子に腰かけ、ポーカーテーブルを拳《こぶし》で打ち据えた。

「ニューフェイスさん、あんまり野尻ちゃんを刺激しないで」

残った若い男がそう言いながら、ゆっくりと近づいてきた。詰《なじ》る口調ではなかった。

更級は相手を見た。

色が生白く、体つきがどことなく中性っぽい。髪は女のようなショートボブだった。典型的な撫で肩だ。背はあまり高くない。百六十五センチ前後だろう。

「名前を教えてくれないか」

「吉永克也《よしながかつや》よ。通称はジュリアンなの。あなたも、あたしのこと、そう呼んでね」

「ジュリアン？　きみはハーフなのか？」

「ううん、純国産よ。あたし、これなの」

吉永と名乗った二十一、二歳の美青年は頬に手の甲を当て、妙なしなをつくった。

「ああ、オカマか」

「やーね、どうしてそんな下品な言い方しかできないのっ。嫌いよ。どうせなら、ニューハーフなのかって言ってほしかったわ」

「次から気をつけよう」

「いいの、気にしないで。オカマはオカマだもんね」

「返事に困るな」

「あたし、更級さんみたいに苦《にが》み走った男性に弱いの。だから、何を言われても怒る気になれないわ」

ジュリアンは華奢《きゃしゃ》な体をくねらせ、艶然と笑った。口紅こそつけていなかったが、くっきりとアイラインを引いていた。

「ジュリアンは、ふだん麻布十番にあるニューハーフバーに勤めてるんだ」

生駒が横から口を添えた。

「それが表稼業で処刑人が裏稼業とは、ずいぶんユニークだな」

「まあね。ジュリアンの表稼業も、だいぶ役立ってるんだ」

「どんな面で？」

更級は問いかけた。

「こいつ、ニューハーフが好きな政財界人や芸能人にかわいがられてましてね、いろいろ裏の話を仕入れてくるんですよ」

「なるほど」

「織部典生の秘書の熊井も、時々、店を覗くらしいんだ」

「それじゃ、そのうち思いがけない情報を摑んでくれそうだな」

「そうですね」

生駒はまた改まった口調で喋り、仲間たちに大声で告げた。

「更級さんを地下室に案内してくるから、みんなはここで待っててくれ」

「戻ったら、すぐに作戦会議をはじめてくれよな。おれ、女と会う約束があるんだからさ」

「野尻、女より仕事が先だろうが」

「おれにとっちゃ、女のほうが大事だよ」

「安くない月給を貰いながら、なんて奴なんだ」

生駒が憮然《ぶぜん》とした顔で嘆《なげ》き、先に歩きだした。更級は生駒につづいた。

廊下を二度曲がると、地下室への降り口があった。

地下室は明るかった。三十畳ほどのスペースだった。大型コンピューターと無線機が並んでいる。人の姿はなかった。

「いつもは、ここに情報収集班のスタッフが詰めてるんだ。今夜はうちの班が集まるんで、彼らは帰ったんだよ」

「情報収集班は何人いるのかな？」

「五人だよ。次の機会にでも、スタッフに引き合わせよう」

「ああ、よろしく！」

「大型コンピューターには、国内外のさまざまな情報をインプットしてあるんですよ」

「また、です・ます言葉になってるぜ」

更級はからかった。

「ほんとだ。長年の習性って、怖いなあ」

「そうだな」

「奥に小部屋があるんだが、そこが武器格納庫になってるんだ」

「武器格納庫だって⁉」

「そう。近頃は駆け出しのやくざでも、拳銃《チャカ》を持ち歩いてるからね。丸腰じゃ、ちょっと不安でしょ？」

生駒がそう言い、右手の奥に向かった。

更級は、後《あと》から小部屋に入った。六畳ほどの広さだった。

片側に、ガンロッカーが並んでいる。

生駒が次々にロッカーの扉を開け放つ。更級は目を瞠《みは》った。各種の拳銃が揃ってい
たからだ。それだけではなかった。欧米の自動小銃をはじめ、短機関銃《サブマシンガン》や多用途機関
銃などでガンスタンドは埋まっていた。ロシア・東欧の突撃銃まであった。
「これだけの武器がよく手に入ったな。入手経路は？」
「パキスタンの武器商人から買ったものをシンガポールで分解して、パーツを輸入工
作機械に紛れ込ませたんだ」
「それにしても、すごい数じゃないか。まるでロスの銃砲店みたいだ。よく税関でバ
レなかったな」
「税関にも、植草甚蔵の世話になった男がいるんだよ」
「シンパがいるのか」
「弾薬類はまとめて、この下に保管してある」
生駒が足許のハッチを二、三度踏んだ。
「さっきの四人も、そっちと同じように拳銃を持ち歩いてるのか？」
「だいたい携行してるね、四人とも」
「それじゃ、今後は少し気をつけよう。野尻って奴をあんまり刺激すると、心臓を撃
ち抜かれることになるからな」
「はっはっは。更級さんも、好きなものを選んでくれないか」

「それじゃ、一挺選ばせてもらおう」

　更級は拳銃専用ロッカーに歩み寄り、グロック32を掴み上げた。オーストリア製のコンパクトピストルだ。

「そいつの弾倉に実包が入ってるはずだよ。ちょっと調べてみてくれないか？」

「ああ」

　更級はマガジンキャッチのリリース・ボタンを押し、弾倉を引き抜いた。十発の実包が入っていた。初弾を薬室《チャンバー》に送り込めば、もう一発、弾倉に入る。

「おれの勘は正しかったな。更級さんがそいつを選ぶんじゃないかと思って、昼間のうちに弾を込めといたんだ」

「そうだったのか。おれは、もう少しでそっちに余計な忠告をするところだったよ」

「余計な忠告？」

「ああ。『素人じゃあるまいし、使いもしない拳銃に弾を抱かせるのは考えものだな』って言うつもりだったんだ。もうちょっとで、赤っ恥をかくところだったな」

「いや、適切な忠告ですよ。拳銃を扱うようになってから、だいぶ経《た》つんで、そういう基本的なことは忘れがちだからね」

「おいおい、やめてくれ」

「ショルダーホルスターが必要でしたら、好きなのを適当にどうぞ」

生駒はロッカーの扉裏に目をやった。フックには革のショルダーホルスターやインサイドホルスターが掛かっていた。

「いまは必要ないな。こいつだけ、借りとく」

更級はマガジンを銃把《グリップ》に戻し、グロック32をベルトの下に差し込んだ。セーターの裾で、膨らみを隠す。

生駒がガンロッカーの扉を閉めはじめた。更級も手伝った。

小部屋を出たとき、生駒がふと思い出したような口調で言った。

「そうだ、ここに来たついでに例の密談音声をお聴かせしよう」

「織部典生と寺久保社長の会話だな？」

「そう」

生駒はキャビネットに走り寄った。

更級は生駒のそばまで歩いた。立ち止まると、ちょうど生駒が小型ＩＣレコーダーを取り出したところだった。

「このテープは四谷の料亭で盗聴したものなんだ」

生駒が再生ボタンを押し込んだ。

更級は耳を澄ました。音声が響きはじめた。話の内容から察して、織部と寺久保の二人に間違いない。

織部典生は更級に罠を仕掛けることをそれとなく仄《ほの》めかしている。寺久保が指示通りに動くことを約束したところで、密談音声は途切れた。

生駒が停止ボタンを押した。更級の胸には、憤りが蘇《よみがえ》っていた。

「更級さん、どうです？」

「おれを陥れた黒幕は、織部に間違いなさそうだ」

「ええ。しかし、この音声だけじゃ、どうすることもできない」

「そうだね」

「織部の新しい陰謀を徹底的に暴いて、奴を地獄に送ってやろう」

生駒がそう言って、ＩＣレコーダーをキャビネットの中に収めた。

復讐は、まだ終わってはいない。織部をこの手で殺すまでは、何があっても死ねない。更級は自分に言い聞かせた。

ほどなく二人は地下室を出た。

## 3

見通しは悪くない。

人の出入りも容易にチェックできる。

菊心《きくしん》会館は織部典生の牙城だ。赤坂の一角にある。近代的な九階建てのビルだった。更級はフロントガラス越しに、会館の表玄関を注視していた。

車は黒いスカイラインだった。組織のものだ。張り込みをはじめて三日目になる。午後二時過ぎだった。

都心の一等地にビルを持っているだけでも、織部を赦《ゆる》せない気持ちだ。どうせ汚れた金で、この会館を建てたにちがいない。

更級は腹立たしさを覚えた。

菊心会館には、織部の経営する十数社の法人や政治団体のオフィスがある。

織部は商品相場、不動産売買、車海老の養殖、花卉《かき》輸入、ゴルフ会員権の売買などを手がけ、さらに公営賭博や遊技機械の利権も漁《あさ》っていた。年商は大手商社並だった。

週に二日だけ、織部は最上階にある会長室に籠《こも》る。そのほかの日は原則として、田園調布の自宅にいる。それが織部の生活パターンだ。きょうは、自宅にいる日だった。

更級は張り込みをはじめる前に、織部に関するデータに目を通していた。情報収集班のスタッフが集めた資料だった。

百歳近い織部典生は山陰地方の寒村に生まれ、義務教育しか受けていない。

青年期に入るまで彼は、東京・日本橋の呉服屋に奉公していた。奉公先で、ある政治結社の主宰者と知り合ったのは二十一歳のときだった。

その右翼の超大物に気に入られ、織部は書生になった。愛国心の強い彼は、超大物右翼の取り巻きたちにも目をかけられた。

次第に力を蓄えていった織部は、いつしか超大物右翼の片腕になっていた。その恩人が病死すると、彼は政治結社をそっくり引き継いだ。

軍靴の響きが高くなると、織部は関東軍の特務機関の責任者に収まった。しかし、特務活動はもっぱら部下任せだった。織部自身は軍の上層部と結託し、軍需物資の調達で財を築くことに熱中していた。

当然のことながら、敗戦時にはA級戦犯となった。

だが、織部はへこたれなかった。持ち前の逞しさでGHQにうまく取り入り、早々と巣鴨プリズンを出た。その後、織部は進駐軍の払い下げ物資で儲け、朝鮮戦争の特需でも巨額の富を得た。

その半分を政治家や顔役にばらまき、人脈を強化した。そうして織部は、闇の帝王にのし上がったのだ。

物事には、すべて終わりがある。いつまでも帝王の座についていられると思ったら、大間違いだ。

更級は胸の奥で毒づいた。

そのとき、特殊スマートフォンが鳴った。組織の物だ。傍受される心配はない。特殊スマートフォンを耳に当てると、生駒の声が流れてきた。

「そっちの様子はどう？」

「右翼団体の幹部や国会議員の秘書が何人か出入りしたが、暗殺グループらしい影はまるっきりだな」

「そう。織部は、きょうは自宅から一歩も出てないらしいよ。来客もないそうだ。ついさっき、芳賀から報告があったんだ」

「そうか。秘書の熊井も菊心会館に入ったきりだよ」

「いずこも変化なしか」

「そっちも収穫なし？」

更級は訊いた。生駒は首相官邸の近くにいるはずだ。

「ああ、こっちも変化なしだね」

「ジュリアンは議員会館の前にいるんだったな」

「あいつのほうも、変わった動きはないそうだよ。きょうも無駄骨を折ることになりそうだな」

「多分ね。しかし、まだ三時過ぎだから、もう少し粘ったほうがいいんじゃないか」

「そうだな。それじゃ、更級さんはそろそろ悠子ちゃんとチェンジしてくれないか。おれも、これからジュリアンと入れ替わるよ」

生駒が言った。

更級たち六人は三、四時間ごとに、持ち場を替えていた。同じ人間が長く張り込んでいると、相手に気取《けど》られる恐れがあるからだ。

「エアロビクスの指導員は、丸菱商事の本社のビルの前にいるんだったな？」

「ああ。彼女には、これから指示を与えるよ」

「了解！　それじゃ、おれは丸の内に向かう」

更級は電話を切って、エンジンを始動させた。

車を走らせはじめて間もなく、ダッシュボードの下の無線機が雑音《ノイズ》を発した。片手でステアリングを操《あや》つりながら、更級は小型マイクを掴み上げた。

「更級さん、聴こえます？」

悠子だった。

「感度良好だよ。何かあったのか？」

「ほんの少し前に、丸菱商事本社に東南アジア系の男たちが入っていったのよ」

「そいつら、ビジネスマン風だった？」

「ううん。三人とも、ビルメンテナンス会社の派遣従業員みたいな恰好をしてたわ」

「挙動はどうだった？」

「特に気になる点はなかったわ。でも、念のためにもう少し、わたし、ここにいたほうがいいんじゃない？」

「そうしてもらおうか。急いで、そっちに行くよ」

更級はマイクを無線機のフックに掛け、車のスピードを上げた。

すぐに外堀通りに出た。桜田通りをたどって、日比谷通りからビジネス街に入る。

一ノ瀬悠子の車は、丸菱商事本社ビルの斜め前に駐《と》まっていた。

灰色のプリウスだった。『牙』の車だ。悠子のプライベートカーは、赤いポルシェだった。

更級は、車をプリウスのすぐ後ろに停止させた。

悠子が車を降りた。白い長袖シャツの上に、オリーブグリーンの革ジャケットを着込んでいた。下は細身の黒いパンツだ。黒い野球帽を被《かぶ》っている。

更級はパワーウインドーを下げた。

悠子がさりげない足取りで近づいてきて、スカイラインの横にたたずんだ。

「例の三人組はビルの中に入ったままよ」

「表に仲間らしい人影は？」

「ううん、見えないわ。多分、彼らはただのビル清掃員だったんでしょうね」

「そうだとしても、ちょっと妙だな」

更級は言った。

「妙って、何が？」

「三人は留学生か就学生だろうが、日本人従業員が誰も付き添ってないことがどうも気になるな」

「オフィスの掃除をするだけなんだから、たいして日本語がうまくなくても別に問題はないんじゃない？」

「いや、大手商社のビルメンテナンスを請け負ってる会社は、そんな無責任なことはしないな。少なくとも日本人の従業員をひとりは派遣するはずだ」

「言われてみると、確かにちょっと変ね。ひょっとしたら、さっきの三人は暗殺グループのメンバーなのかしら？」

「その可能性もあるぞ。丸菱商事の深見則行《ふかみのりゆき》会長は、財界の超大物だからな」

「ええ。深見会長は全国経営者協会の会長でもあるから、狙われても不思議はないわよね」

「ああ」

「わたしも、ここにいましょうか？」

「いや、きみは菊心会館のほうに回ってくれないか。二人で張り込んでると、どうしても人目につくからな」

「わかったわ。それじゃ、わたしは赤坂のほうの張り込みをします」

悠子が小声で言い、自分の車に駆け寄った。

更級は車のエンジンを切って、煙草に火を点けた。

そのとき、悠子の車が走りだした。更級は煙草を喫《す》いながら、丸菱商事本社ビルに視線を据えた。

小一《こ》時間が経過したころ、玄関ロビーから色の浅黒い男たちが現われた。

三人は、紛れもなく東南アジア系の顔立ちだった。お揃いの黄土色の作業服を身にまとっている。まだ真新しい。

男たちはガラスドアに曇り止めらしいスプレー液を噴きかけ、布で磨きはじめた。

三人の挙動に不審な点はなかった。どうやら思い過ごしらしい。

更級は苦く笑った。

その直後だった。三人の男が目配せし合って、急に表玄関から離れた。ガラス磨きの途中だった。男たちはワックス罐《かん》やスプレーを残したまま、駆け足で遠ざかっていく。なんか様子がおかしい。

更級は車のドアを細く開けた。

ほとんど同時に、丸菱商事本社ビルの上階で爆発音がした。ガラスの砕けた音と怒号が交錯する。すぐさま更級は、車の外に飛び出した。

次の瞬間、ふたたび爆発音が轟いた。地を揺るがすような大音響だった。

更級はビルを仰いだ。

十階あたりの窓から、火の塊《かたまり》が噴いている。車道の車が次々に停止し、車内からドライバーが転がり出てきた。どの顔も恐怖で引き攣《つ》っている。

丸菱商事本社ビルからも、社員たちが飛び出してきた。女子社員の中には、泣いている者もいた。

怪しい三人組が会長室あたりに時限爆破装置を仕掛けたのだろう。

更級は車を降りて、目で怪しい三人組を探した。

男たちは、本社ビルの角を曲がりかけていた。更級は地を蹴った。車道を斜めに横切り、丸菱商事本社ビル側の歩道を突っ走る。

角を曲がると、三人組の後ろ姿が見えた。男たちは急ぎ足で日比谷通りに向かっていた。呼びとめたい衝動を捩《ねじ》伏せて、更級は全力で駆けつづけた。いま声をかけたら、男たちはおそらく逃げ出すだろう。

距離が縮まった。

少し経つと、男のひとりが振り返った。更級は慌《あわ》てて立ち止まった。走っていたら、相手に追っ手であることを覚《さと》られてしまう。

だが、遅かった。三人の男は何か言い交わし、勢いよく走りはじめた。

「ちょっと待ってくれ。きみらに訊きたいことがあるんだ」

　更級は英語で呼びかけた。

　しかし、男たちは足を止めようとしない。更級は追った。場合によっては、グロック32で威嚇射撃するつもりだった。

　男たちが四つ角を曲がった。そこは、もう日比谷通りだった。

　更級は全速力で走った。風圧で息が詰まる。前髪は逆立《さかだ》ったままだ。

　日比谷通りに出た。

　三人の男が白っぽいワゴン車の後部座席に乗り込む姿が見えた。どうやら仲間が待機していたようだ。

「おい、待て！」

　更級はワゴン車に走り寄った。

　ワゴン車が急発進した。スモークガラスで車内はうかがえない。

　更級は自動拳銃の銃把《グリップ》を握った。

　抜きかけたが、すぐに思い留《とど》まった。通行人の姿が視界に入ってきたからだ。更級は目でタクシーの空車を探した。だが、あいにく通りかからない。

「くそっ」

　更級は、走り去るワゴン車のナンバーを読んだ。

　その数字を頭に刻みつけて、踵《きびす》を返した。丸菱商事本社ビルの前に戻る。

黒山の人だかりができていた。消防車が放水中だった。夥《おびただ》しい数のパトカーと救急車が車道を埋めている。

「何があったんです？」

更級は初めて事件に気づいたような振りをして、野次馬のひとりに話しかけた。初老の小柄な男だった。

「わたしもよくわからないんだけど、丸菱商事の会長秘書室が爆破されたらしいですよ」

「それじゃ、死傷者が出たんでしょうね」

「女性秘書が亡くなったみたいですよ」

「深見会長は？」

「ほんの少し前に、血塗れの会長さんが救急車に担ぎ込まれましたよ。ぐったりしてたから、あの分じゃ助からないかもしれないな」

「そうですか」

「おそらく過激派の犯行でしょうよ。二十数年前にも、丸菱商事の系列企業が爆破されてますからね」

男は自信ありげな口調で言った。

更級は曖昧にうなずいて、野次馬の群れから抜け出した。自分の車に向かいかけ、すぐに彼は立ち止まった。車輛通行止めになっていることに気がついたからだ。それに、やたらに警官の姿が多かった。

いま車に近づいたら、職務質問を受けることになるかもしれない。少し様子を見てから、スカイラインに乗り込もう。

更級は上着のボタンをきちんと掛け、腕組みをした。グロック32の膨らみをごまかしたのだ。野次馬を装って、しばらく路上にたたずむ。

二十分ほど過ぎると、車輛通行止めが解除された。いつの間にか、野次馬の姿も疎《まば》らになっていた。更級はスカイラインに近づき、運転席に腰を沈めた。

そのときちょうど、特殊スマートフォンが鳴った。発信者は生駒だった。

「更級さん、経産大臣の茂手木寛治《もてぎかんじ》が数十分前に視察先の北海道で狙撃されたよ。本部のご老人から、いまさっき、連絡があったんだ」

「経産大臣は死んだのか？」

「ああ、即死だったそうだよ。側頭部を大口径ライフル弾で撃たれたらしいんだ」

「狙撃犯は？」

「逃げたらしい。銃声もしなかったっていうから、旭光建設の寺久保社長をシュートした奴の仕業なんじゃないかな」

「多分、そうなんだろう。こっちも事件が起こったんだ」

更級は経過をつぶさに語った。語り終えると、生駒が呟くように言った。

「またしても、東南アジア系と思われる男たちの出現か」

「確か織部典生はＡＳＥＡＮ諸国の右翼勢力とは深い繋がりがあったな」

「大ありだよ。奴は反共運動を通じて、インドネシア、フィリピン、タイ、シンガポールの右翼どもと昔から繋がってる」

「暗殺グループは、そういった連中の一派かもしれないな」

「更級さん、待ってくれないか。これまでに殺された旭光建設の社長、法務大臣、経産大臣の三人は右寄りの考えを持ってたし、病院に担ぎ込まれた丸菱商事の会長だって、思想的にはハト派じゃない。右翼テロリストと思われる連中が、そういう人間たちを狙うだろうか」

「同じ右寄りといっても、イデオロギーは微妙に異なるし、利害も必ずしも一致してるわけじゃない。だから、対立することもあるだろう」

「その通りなんだが……」

「とにかく、ワゴン車のナンバーから持ち主を割り出してみよう。どうせ盗難車を使ったんだと思うよ」

「すぐに本部の大型コンピューターで調べてもらおう。ナンバーを教えてくれないか」

生駒が言った。更級はワゴン車のナンバーを伝えた。

「これからすぐに照会してもらうよ」

「頼むぜ。それから、ここ数カ月間に入国した東南アジア系の男性のリストは入手できるかい？」

「それは目下、東京や大阪の入国管理局にいる協力者に集めさせてる」

「手回しがいいな。こっちに現われた三人組の顔を忘れないうちに、リストを見たいね」

「なるべく早くリストを集めさせよう」

「よろしく。ところで、おれはこれからどうしたらいい？　指示を与えてほしいな」

「それじゃ、悠子ちゃんの応援を頼むよ」

「了解！　すぐに菊心会館に向かう」

更級は通話を切り上げ、車を発進させた。

二十分足らずで、赤坂の菊心会館のある通りに出た。一ノ瀬悠子の車は、会館の北側に駐《と》まっていた。更級はビルの反対側の路上に車を停め、無線で悠子を呼んだ。

「更級だ。いま、会館の反対側にいる。その後、変わったことは？」

「特別に変わったことはないわ。丸菱商事のほうは大変だったそうじゃない？　さっき、チーフから連絡があったの」

「そうか。おれがヘマをやらなきゃ、いまごろはテロリスト集団の正体を突きとめてたんだろうがな」

「気にすることないわ。そのうち、敵が尻尾《しっぽ》を出すんじゃない？」

「そんなふうに年下の女性に慰められるのは、妙な気分だな」

「自尊心が傷つく？」

「年上の人間を茶化すのは、よくない趣味だ」

「あなたって、自分が男性であることを誇示したいタイプみたいね。そういうのって、少々、時代遅れなんじゃない」

「別に流行《はや》り廃《すた》りを考えながら、生きてるわけじゃない。生きたいように生きてるだけさ」

「ちょっと気障《きざ》ね。そういう台詞を口にしたがるのも、男性誇示癖の表れなんじゃない？」

「きみは、優しいだけの女性じゃないようだな。このポジションで、張り込みを続行しよう」

　更級は交信を打ち切った。

　まるでそれを待っていたように、すぐに特殊スマートフォンが着信音を奏ではじめた。電話をかけてきたのはボスの植草だった。

「ワゴン車の持ち主がわかったで。荒川区に住む洋品店主やったよ。けどな、一昨日、地元の警察署に盗難届が出されてるねん」

「やっぱり、盗難車でしたか」

「その洋品店主は、事件に無関係やろな」

「ええ、無関係でしょうね」

「そうや、忘れるところやった。丸菱商事の深見会長が病院で、さっき息を引き取ったで。テレビにテロップが流れたねん」

「これで、暗殺された政財界の重鎮は四人になったわけか」

「そうやな。四人とも織部典生とはつき合いがあるさかい、一連の事件には織部は絡んでないのやろうか？」

「わたしは絡んでると睨んでます。なにかが原因で、織部と死んだ四人の利害が対立したんじゃないですか？」

「考えられないこともないな。まあ、なにも急いで結論を出さんかてええわな」

「そうですね」

「きょうは敵も、もう暴れんやろ。適当なとこで張り込みを切り上げてんか」

植草の声が途切れた。

更級は電話を切り、マールボロをくわえた。煙草を喫《す》い終えたとき、悠子から無線が入った。

「いま、チーフから解散命令が入ったの」

「そうか」

「どこかで軽く飲まない？　ご迷惑かしら？」

「いや、つき合おう」

「ありがとう。それじゃ、馴染みのお店にご案内するわ。後から、車で従《つ》いてきてね」

「わかった」

更級は無線マイクをフックに掛け、イグニッションキーを捻った。

## 4

「いい店じゃないか」

「気に入ってもらえたかしら？」

「ああ、気に入ったよ」

更級は笑顔で言って、グラスを口に運んだ。ワイルドターキーのオン・ザ・ロックだった。

悠子もギムレットを啜《すす》った。

二人は、狸穴《まみあな》のピアノバーのカウンターに並んで腰かけていた。客は少ない。テーブル席に若いカップルがいるきりだ。

髭面《ひげづら》の中年男がピアノを弾いている。ナンバーは『レフトアローン』だった。

「ピアノを弾いてるのがマスター?」

「ううん、彼はただのバーテンダーさん。マスターは、あの男性《ひと》よ」

悠子が首を捩《ねじ》って、カウンターの端に目をやった。

更級は視線を延ばした。

そこには、七十歳前後の男がいた。瞼を閉じて、ピアノの音に聴き入っている。頭頂はすっかり禿げ上がり、左右に残った白髪が肩まで伸びていた。

「昔のヒッピーみたいな爺さんだな」

更級は小声で言った。

「いまも精神的には、ヒッピーなんじゃないかな。マスターは某私大で、ロシア文学を教えてるの」

「それで、ロシア大使館の裏で酒場をやってるわけか」

「それは、ただの偶然みたいよ」

悠子は小さくほほえんだ。零《こぼ》れた白い歯がきれいだった。

「マスターもユニークだが、きみだって……」

「変わってる?」

「ちょっとね。スタントの仕事は、どのくらいやってたのかな？」

「約二年半よ」

「なぜ、やめたんだ？」

「何となく飽きちゃったの」

「それで、何となく女処刑人になったわけか」

「何となくじゃなくて、最初ははっきりとした目的があったの」

「どんな目的が？」

「わたし、父の仇を討《う》とうと思ったのよ」

「仇とは、ずいぶん古風なことを言うんだな」

「確かに古風よね。でも、わたし、本気だった。父は土地の売買を巡るいざこざに巻き込まれて、何者かに車で轢《ひ》き殺されてしまったの」

「犯人は逮捕されなかったのか？」

「ええ、そうなのよ。車は逃げちゃったの。父と揉めてた相手は県会議員で、暴力団とも繋がってる男だったのよ。それから、地元警察とも癒着《ゆちゃく》してたようね」

「郷里はどこなの？」

「福井の鯖江《さばえ》市よ。あのへんはまだ田舎だから、政治家の力が強いの」

「結局、きみの親父さんの死は単なる轢き逃げ事件として片づけられたんだな？」

「そうなの。状況から判断しても、県会議員が人を使って父を殺したことは明らかなんだけどね」

悠子は語尾を呑《の》んで、うつむいた。愁《うれ》いを帯びた横顔が美しい。

「そんなことがあって、きみは、その県会議員に復讐する気になったわけか」

「ええ、そう。でも、自分ひとりだけじゃ、何もできなかったわ」

「そうだろうな」

「だから、わたしは植草のおじさまに頼んで、闇の組織を結成してもらったの」

「なあんだ、きみが言い出しっぺだったのか」

「実はそうなの。死んだ父は、植草のおじさまに株指南をしてもらってたのよ」

「話が前後するが、きみは親父さんの仇を討つことができたのか？」

更級は訊いた。

「ううん、それができなかったの。こちらが行動を起こす前に、相手が心筋梗塞《こうそく》であっさり死んじゃったの」

「そいつは残念だったな」

「ええ。世の中って、皮肉よね」

悠子はそう言って、ギムレットを呷《あお》った。

更級もバーボンウイスキーのロックを空け、お代わりをした。

バーテンダーは新しい飲みものをつくると、ふたたび鍵盤の前に坐った。軽やかなタッチで、ジャズのスタンダードナンバーを奏ではじめた。

「陳腐《ちんぷ》な言い方だけど、更級さんは重い過去を引きずってるんじゃない？」

ふと悠子が言った。

「重い過去などないよ。ただ、つまずいただけさ」

「チームに加わった動機は、ある種の正義感からなんでしょ？」

「いや、ただの気まぐれだよ。ちょうど仕事を探してたときだったし、生駒の旦那にもちょっと弱みを握られちゃったしな」

「わたしは、それだけであなたがチーム入りしたとは思わないわ」

「どう思おうと、きみの自由だ」

「野尻ちゃんなんかはプロの戦争屋上がりだから、高給に釣られただけなのかもしれないけれど、あなたの場合は違う気がするの」

「おれだって、野尻と似たりよったりだよ。本当に妙な思い入れなんかない」

更級はきっぱりと言って、新しいグラスを持ち上げた。悠子は口を結んだ。

いつの間にか、ピアノの音は熄《や》んでいた。

更級は小さく振り向いた。マスターとバーテンダーがボックス席で、競馬の話に熱中していた。客の数は、いっこうに増えていない。

「更級さんは、ジュリアンのことをどう思う?」

悠子が短い沈黙を破った。

「唐突な質問だな。まだつき合いが浅いから、答えようがないな」

「そうでしょうね。あの子、とっても気持ちが優しいのよ。六本木のマンションに、捨て猫を十五匹も飼ってるの」

「優しいというよりも、淋しがり屋なんだろう」

「そうなのかもしれないわ。あの子、家庭的に恵まれなかったから……」

「ジュリアンは、どんな暮らしをしてきたんだ?」

「あの子の母親は元ショーダンサーで、男運が悪かったらしいの。ジュリアンの実の父親は彼が生まれてすぐに病死して、二度目のお父さんは蒸発しちゃったんだって」

「その程度の不幸は、珍しいことじゃないだろう」

「まあ、そうね。でも、不幸はまだつづくのよ」

「そうなのか」

「三度目の養父がひどい男なの。経済力はあったらしいんだけど、そいつ、両刀使い《バイセクシュアル》だったんだって」

「ジュリアンは、その養父に妙なことを仕込まれたんだな」

「ええ、中学生のときにね。ジュリアンのお母さんは息子と夫の関係に気づいて、神経のバランスを崩しちゃったそうよ」

「残酷な話だな」

「お母さんが精神病院に入ると、養父は真っ昼間からジュリアンをベッドに引きずり込むようになったらしいの」

「なんて男なんだっ」

　更級は義憤を覚えた。

「ジュリアンはそんな生活に耐えられなくなって、養父を庖丁で刺したんだって。それで、あの子、少年院送りになったというの」

「そう」

「退院してからは保護司の世話でいろんな仕事をやったらしいけど、結局はニューハーフの道を……」

「それも彼が選んだ道なんだから、おれは別に同情はしない」

「わたしもそのことには特に何も感じないんだけど、男しか愛せなくなってしまったジュリアンが何か哀《あわ》れに思えるの」

「それも人生なんじゃないのか」

「そうは思うんだけど、やっぱりね。それでいつかわたし、あの子を挑発してみたことがあるの」

「で、どうだったんだ？」

「ジュリアンったら、笑い出しちゃって、全然、その気になってくれなかったのよ。ちょっと失礼だと思わない？」

「相手が悪すぎたな」

「そう思うことにするわ。そうじゃないと、自分が惨めすぎるもの」

悠子は複雑な笑い方をして、ギムレットを半分ほど飲んだ。

更級もグラスを口に運んだ。なにやら気持ちが和《なご》んでいた。こんな気分を味わうのは久しぶりだった。罠に嵌まってからは、いつも神経がささくれ立っていた。

「あなたもどこかミステリアスな男性《ひと》だけど、芳賀さんはもっと捉《とら》えどころがないわ」

「彼は口が重いタイプのようだな」

「必要なこと以外は、めったに喋らないわね。お酒も煙草も嗜《たしな》まないし、とっても禁欲的《ストイック》な生活をしてるみたいよ」

「おれも、芳賀には何か謎めいたものを感じてるんだ。彼が航空自衛隊にいたことは、間違いないのか？」

「ええ、それは確かよ。植草のおじさまに言われて、わたし、芳賀さんの前歴を調べたことがあるの」

「そうか」

「でも、退官後のことが空白だらけなのよね。所持金がなくなるまで、世界中をほっつき歩いてたというんだけど」

「ふうん。それはそうと、きみは生駒の旦那の病気のことは知ってるのか」

「チーフの病気って？」

「どうやら知らないらしいな。彼は癌に罹《かか》ってるんだよ。もう末期らしい」

「いやだ、その話を信じたのね。それはチーフの作り話よ」

「なんだって⁉」

「チーフは健康そのものよ。食欲は旺盛だし、お酒だってよく飲んでるわ」

「それじゃ、おれは生駒の旦那に担《かつ》がれたわけか」

「ええ、そういうことになるわね。チーフは『牙』が結成されたときから、あなたを仲間に引き入れようと考えてたみたいよ」

「やられたな」

更級は肩を竦《すく》めた。

ちょうどそのときだった。悠子のかたわらのスツールのあたりで、かすかな着信音が響いた。すぐに悠子が小さなバッグを掴み上げた。

「バッグの中に、特殊スマホが入ってるの」

「本部からの呼び出しかな？」

「そうだと思うわ」

悠子はバッグの中に手を滑り込ませた。

更級はグラスに手を伸ばした。悠子が優雅に腰でスツールを反転させ、静かにフロアに降りた。

更級はアーモンドを口の中に放り込んだ。

悠子がカウンターの端に走る。更級はグラスを傾けながら、悠子をぼんやりと眺めた。

通話は短かった。

悠子は数分で戻ってきた。しかし、彼女はスツールに腰かけようとしない。更級は口を開いた。

「呼び出しがかかったようだな」

「そうなの。例の暗殺グループが、東都新報の東京本社に英文の犯行声明を送りつけてきたらしいのよ」

悠子が声をひそめた。

「差出人名は？」

「反日武装アジア民主青年同盟って記《しる》されてたそうよ」

「馴染みのないグループ名だな」

「わたしも初めて聞く名だわ。名称からすると、左翼系のグループみたいね」

「そうだな」

「チーフにあなたのことを訊かれたから、一緒だって言ったんだけど、いけなかった？」

「いや、かまわないさ」

「一緒に本部に顔を出してほしいって」

「それじゃ、国立に急ごう」

更級はスツールから腰を上げ、バーテンダーに声をかけた。すると、悠子が早口で言った。

「あ、ここはいいの。わたし、いつもツケで飲んでるから」

「しかし、女性に奢《おご》られるのはどうもな」

「次は奢《おご》ってもらうわ」

「わかった。じゃあ、きょうはご馳走になろう」

更級は悠子の背を軽く押した。

二人は店を出た。それぞれの車に乗り込み、すぐにエンジンをかけた。飲酒運転することになるが、どちらも法律に従う気はなかった。

二台の車は外苑東通りを北上し、外苑ランプから高速四号新宿線に入った。そのまま中央高速を進み、国立府中ＩＣ《インターチェンジ》で一般道路に降りる。

そこから植草邸までは、ほんのひとっ走りだった。

更級たち二人は車を駐《と》めると、玄関に駆け込んだ。

広い応接間に入る。ボスの植草、生駒、芳賀、野尻の四人が待ち受けていた。ジュリアンの姿は見えない。

「遅れて申し訳ない」

更級は誰にともなく言い、ソファに腰を下ろした。その隣に悠子が坐る。

「犯行声明の内容を詳しく教えてくれないか」

更級は生駒に言った。生駒が卓上を指さした。

「それが犯行声明の全文だよ。東都新報にいる協力者がファクスで送ってくれたんだ」

「読ませてもらうぞ」

更級は英語の声明文を抓《つま》み上げ、目で文字を追いはじめた。

犯行声明

日本国政府は大手商社や巨大企業と組み、東南アジア諸国の腐敗政府及び王室を円借款増額や利権などおいしい話で誑《たぶら》かし、途方もない利益を貪《むさぼ》っている。

一例を挙げよう。

日本国政府は円借款増額の見返りとして、タイ国シャム湾の天然ガス開発事業に際し、主要工事を日本の大企業に落札するようタイ国政府及び王室に働きかけた。その結果、数社の日本企業がプロジェクトチームに決定した。また開発事業に伴う各種の関連工事も日本の企業で占め、さらに機材や工業製品の買い入れまで強《し》いた。

こうして総額七百億円にものぼる借款と無償援助の大部分は大手商社などを通じて、日本に吸い上げられてしまった。これが政府開発援助《ODA》という美名に隠された搾取《さくしゅ》の構造だ。

このような悪《あ》しきシステムが変わらない限り、両国の貿易不均衡は永久につづく。日本政府や進出企業に感謝をしているのは、多額のリベートを得た政府高官、軍人、王族たちだけだろう。一般大衆は、いまも貧困にあえいでいる。

この悲しい現実は、タイ国だけのものではない。

シンガポール、インドネシア、マレーシア、フィリピンなども同じだ。これらの国々の大衆は日本企業が経営権を持つ合弁会社で、驚くほど安い賃金でこき使われている。まさに奴隷扱いだ。

こうした経済侵略に手を貸す者は、すべてわれわれの敵である。といって、一介の日本人従業員に牙を剝《む》いても意味がない。

そこで、われわれは政府要人と財界の重鎮をひとりずつ断頭台に立たせることにした。言うまでもなく、旭光建設の寺久保社長、奈良林法務大臣、茂手木経産大臣、丸菱商事の深見会長の四人を葬ったのはわれわれだ。

経済侵略をただちに止め、日本国内におけるアジア人の就労を速《すみ》やかに許可しなければ、血の粛清は続行することになるだろう。アジア各国からの出稼ぎ労働者は娼婦でもなければ、下僕でもない。

彼らを不当に賤《いや》しめつづける限り、われわれの怒りは鎮《しず》まらない。思い上がった人間どもを裁きつづける。

反日武装アジア民主青年同盟

委員長　スパチャイ・サラサート

ようやく長い声明文を読み終えた。

更級は、それを悠子に渡した。悠子が読みはじめる。

「スパチャイ・サラサートって名は、どこかで聞いた憶《おぼ》えがあるんだが……」

更級は、生駒に顔を向けた。

「こっちもそんな気がして、ちょっと調べてみたんだ。一九七五年に処刑されたタイの学生運動のリーダーだったよ」

「ああ、そうだったな。一九七〇年代の前半は、タイの学生や労働者が民主化を叫んで派手に暴れ回ったんだったよな」

「それによって、確か独裁者のタノムが追放されたんじゃなかったっけ？」

「そう、そうだよ。しかし、すぐに右派勢力が力を盛り返して、労働組合の指導者や進歩的な文化人たちを次々に暗殺したんだ」

「そのとき、このスパチャイって男も始末されたようだね。殺された英雄の名を使ってるところをみると、タイの左寄りのグループだろうか」

「それは、まだわからないぞ」

「そうだな」

「犯行声明は国外で投函されてるの？」

「いや、国内だね。札幌の郵便局から速達で東都新報に届いたそうだ」

「茂手木経産大臣は北海道で狙撃されたんだったな」

「ああ、小樽でね。犯人グループのアジトが北海道にあるんだろうか」

「おれも、いま、それを考えてたんだ」

「そう。更級さん、さっき入国管理局にいる協力者が東南アジアからの入国者リストを届けてくれたんだ」

「顔写真付きだろうな？」

「もちろんさ。こっそりコピーを取るのに、だいぶ苦労したらしいよ」

「だろうね」

「リストの中に丸菱商事本社ビルに現われた三人組がいるかどうか、ちょっと目を通してくれないか」

生駒が分厚いファイルを差し出した。

ファイルを受け取り、更級は入念に目を通しはじめた。少し経《た》つと、犯行声明文を読み終えた悠子がファイルを覗き込んだ。

入国者は国別にきちんと分類されていた。

更級は長い時間をかけて、リストを調べてみた。しかし、見覚えのある顔はついに見出せなかった。

「きみのほうはどうだ？」

更級は悠子に問いかけた。

「知らない顔ばかりね」

「あの三人組は、密入国したのかもしれないな」

「そうだとしたら、手がかりなしか」

悠子がファイルの束をコーヒーテーブルに投げ出し、すんなりとした脚を組んだ。

数秒後、野尻が口を挟んだ。

「がっかりするのは早いぜ」

「何かいい情報を摑んだのか？」

更級は野尻に顔を向けた。

「まあな。おれ、個人的に情報屋を使うときがあるんだよ」

「もったいぶらないで、早く言ったらどうなんだ」

「いま、喋るよ。池袋にある日本語学校の生徒がここひと月ほど前から七、八人、なぜか急に姿をくらましてるらしいんだ」

「その連中が暗殺集団かもしれないっていうのか？」

「ひょっとしたら、そうかもしれねえぜ。何人かは軍隊生活を体験してるようだから、狙撃銃の扱いも心得てるだろうしな」

「いなくなった就学生の国籍はわかるのか？」

「そいつも教えてもらったよ。タイ人とマレーシア人が二人ずつで、ほかはシンガポール人、バングラデシュ人、中国人が各一名ずつだったかな」

「そうか」

「そいつらは豊かさを求めて来日したらしいんだけど、長引いている不況に苦しめられ、どうも幻滅しちまったみてえだな。この国は、アジア人に冷たいからね」

「彼らは、反日的な言動をとってたのか？」

「最近は教室で大っぴらに日本を非難するようなことを言ったり、過激派の連中にも接近してたらしいよ」

「そうか。その情報屋に会わせてくれ。もっと詳しい話が聞きたいんだ」

「もう日本にゃいねえよ。そいつ、きょう、アラスカに行っちまったんだ。あっちの罐詰工場で働くつもりだとか言ってたけど、連絡先は教えてくれなかったんだよ。こっちでちょっと危《ヤバ》いことをしたらしくて、しばらくなりを潜《ひそ》めるつもりなんじゃねえかな」

「その日本語学校の名は？」

「セントラルなんとかって学校名だったよ」

野尻が口を閉じた。すると、終始黙っていた植草老人が喋った。

「更級君、その失踪した連中のことを少し調べてみたら、どうやろ？」

「ええ、そうですね」

「生駒君と相談して、よろしゅう頼むわ」

植草の語尾に、野尻の不満げな声が重なった。

「ボス、なにも新入りに気なんか遣《つか》うことねえよ。それじゃ、チーフの立場がないでしょ！」

「生駒君も更級君には一目置いてるんや」

「ボスもチーフもどうかしてるよ」

「きみは更級君に妬《ねた》みを感じてるようやな」

「妬みだって⁉」

「更級君はマスクが整ってるし、頭もシャープや。腕力もありそうやし、女性にもモテそうやないか。それに較《くら》べて、きみは……。いや、やめとこう」

「そんなんじゃないっすよ」

野尻が口を尖《とが》らせた。その横顔は、腕白坊主そのものだった。

更級は噴き出しそうになった。

「明日から手分けして、失踪人たちのことを調べよう」

生駒が言った。更級は無言でうなずいた。

「チーフは家で休んでて」

悠子がいたずらっぽい目をして、生駒に言った。

「え、どうして？」

「チーフは癌に罹ってるんですってね。わたし、その話を更級さんから聞いたの」

「まいったなあ。これには、ちょっとした理由《わけ》があってね」

生駒がしどろもどろに答える。更級はにやつきながら、口を挟んだ。

「いいんだよ、気にしないでくれ。騙されたおれがおめでたいんだから」

「更級さん、申し訳ない！　あんな嘘でもつかなきゃ、いい返事をもらえないような気がしたものだから、つい……」

「いつか埋め合わせをしてもらわなきゃな」

「わかってます。一度、銀座の高級クラブにお連れするかな」

「当てにしないで待ってるよ」

更級は言った。そのとき、植草が生駒に声をかけた。

「おい、銀座のクラブなんかやめときい。高いばっかりで、ええ女はおらんで。整形美人を眺めても、つまらんやないか」

「そうですね。それじゃ、居酒屋かどこかで通飲しますよ」

「飲むんなら、ここでもええやないか。ここで、これからみんなで飲もうやないか」

「はあ」

「ここには、一応、若い女性もおるんやから、きっと座も盛り上がるで」

「おじさま、一応とはちょっとひどいんじゃありません？」

悠子が笑顔で植草に抗議し、すくっと立ち上がった。ボスが焦《あせ》って問いかけた。

「悠子ちゃん、怒ったんか？」

「いいえ。お酒の用意をしてきます。どうせわたしをホステス代わりにこき使うおつもりだったんでしょ？」

悠子はそう言って、部屋を出ていった。

植草が大口を開け、高らかに笑った。それに釣られて、生駒と野尻が頰を緩《ゆる》める。

芳賀は、いつもの醒めた表情だった。

芳賀とじっくり話をしてみたい気がするが、そういう機会はなさそうだ。

更級は煙草をくわえた。

火を点けたとき、芳賀が椅子から立ち上がった。誰も引き留《と》めなかった。芳賀は静かに応接間から出ていった。

妙に気になる男だ。更級は胸底で呟いた。

# 第三章　密殺集団の影

## 1

残照が弱々しい。

陽《ひ》は、ほとんど沈みかけていた。そのうち街は暮れなずむだろう。

更級はJR池袋駅の駅前通りを歩いていた。

東口だ。オフィスビルや商店が混然と建ち並んでいる。

少し行くと、『セントラル日本語学校』の看板が目に留《と》まった。雑居ビルの五階だった。

更級はコートのポケットに両手を突っ込んだまま、ビルに足を踏み入れた。

きょうはグレイのスーツの上に、黒いチェスターコートを羽織っていた。ダブルブレストだった。

更級はエレベーターで、五階に上がった。

そのフロアは、すべて『セントラル日本語学校』が使っているようだった。といっても、それほど広いスペースではない。事務室のほかに、教室と思われる小部屋が三室あるだけだ。廊下には、若い外国人たちの姿があった。その大半は東南アジア系の男女だった。

更級は事務室の受付に近づいた。

閉ざされた窓口のガラスを指先で軽く叩くと、化粧の濃い女性事務員が顔を覗かせた。目と口が大きい。二十代の半ばだろうか。

「何でしょう？」

「都内にある日本語学校をあちこち取材させてもらっているのですが、ご協力いただけませんか？」

更級は、もっともらしく言った。

「新聞社の方ですか？」

「いいえ、フリージャーナリストです」

「ちょっとお待ちください」

女性事務員がそう言い、奥に引っ込んだ。

うまく引っかかってくれるか、更級は少し不安だった。

待つほどもなく、女性事務員が戻ってきた。

「事務局長がお目にかかるそうです」

「それはありがたい」

更級は黒いコートを脱いだ。

女性事務員が受付の横のドアを開けた。更級は事務室に入った。

十畳ほどの広さだった。スチール製の事務机が四つほどあり、窓側の席に初老の男が腰かけていた。

更級は会釈した。

男が立ち上がった。にこやかに歩み寄ってきて、名刺を差し出す。

「事務局長の樋口《ひぐち》です」

「初めまして。わたし、平岩《ひらいわ》といいます」

更級は偽名を使った。スピード印刷屋でこしらえてもらったばかりの名刺を上着の内ポケットから抜き出す。住所や電話番号も、でたらめだった。

名刺交換が済むと、樋口がソファを手で示した。

更級は目礼して、モケット張りの長椅子に腰かけた。樋口が正面のソファに坐った。

小柄で細身だからか、貧相な印象を与える。

「平岩さんは、いわゆるフリージャーナリストでいらっしゃるわけですね？」

「ええ、そうです。フリーの立場で、月刊誌や週刊誌に寄稿してるんですよ」

「そうですか。早速ですけど、取材の狙いといいますか、趣旨と申しますか……」

「数十年前から、日本語学校が急増してますよね。現在、都内だけで約三百校もあるとか」

「ええ、その通りです。デフレ不況といっても、日本はまだ経済大国ですからね。アジア諸国はもちろん、東欧の若い人にも注目されてるんですよ」

「そうみたいですね。そこで、この学校の生徒さんたちの夢や希望を探《さぐ》れればと思いましてね」

「それじゃ、優秀な生徒を何人か教室から呼んでこさせましょう」

事務局長はそう言って、すぐに女性事務員に声をかけた。

女性事務員が教室に向かう。

申し出を断ったら、怪しまれることになる。一応、取材の真似事をするか。

更級はコートのポケットを探った。予《あらかじ》め用意しておいたメモ帳とボールペンを引っ張り出す。更級はＩＣレコーダーをコーヒーテーブルの上に置いた。

少し待つと、女性事務員が五人の男女を連れて戻ってきた。

男が三人で、女が二人だった。事務局長が彼らをソファやパイプ椅子に坐らせた。

五人の国籍はマレーシア、バングラデシュ、フィリピン、韓国と異なっていたが、日本語は揃って上手だった。訛《なまり》は、ほとんどなかった。

更級は成り行きから、五人にインタビューをはじめた。

五人はハイテク社会の日本を口々に誉めたたえ、少しでも多くのものを学び取り、母国で役立てたいと語った。あまりに優等生的な答えに、更級はうんざりしてしまった。それでも、メモを執《と》る振りはつづけた。ＩＣレコーダーも動作中だ。

更級は取材を早々に切り上げた。

五人の就学生は礼儀正しく挨拶して、教室に戻っていった。更級は少し後ろめたかった。

「もし追加取材が必要でしたら、いつでもおっしゃってください」

樋口が言った。

「ありがとうございます。だいたい、これで記事は書けると思います」

「そうですか。それで、なんという雑誌に発表されるのでしょう？」

「文進社の『週刊トピックス』の来週号に載せてもらえることになっています」

「そりゃ、すごい！『週刊トピックス』は、日本で二番目に売れてる週刊誌なんですよね？」

「ええ、そうです。後日、掲載誌が編集部から届くと思います」

「楽しみにしています。うちにとっては、いい宣伝になるでしょう」

「これは余談なんですが、実はちょっと気になる噂を小耳に挟んだんですよ」

更級は、やっと本題に入ることができた。

「気になる噂？」

「ええ。同業者から聞いた話なんですが、おたくの学校の生徒さんが七、八人まとまって学校をやめたとか？」

「ああ、そのことですか」

事務局長の表情が、にわかに曇った。

「噂は事実なんですね？」

「まだ彼らは、ここをやめたわけではありません。無断欠席しているだけなんですよ」

「何があったんです？」

「たいしたことじゃないんですけど、ちょっとね」

「その件は記事にはしませんよ」

「欠席中の連中が教室でおかしな行動をとったもんだから、わたし、少しばかり叱ったんですよ。そうしたら、彼らは教室に来なくなってしまったのです」

「おかしな行動といいますと、具体的にはどういった？」

「日本の悪口を言ったんですよ。それから共産主義者めいたことも口走って、教室の仲間を煽動するようなことをしたのです」

「たとえば、日本の企業がアジア諸国で経済侵略をしてるなんてことをアジったわけですか？」

　更級は問いかけた。

「そうです、そうです。彼らは経済侵略がどうのとか言ってたけど、なあに、要するにやっかみですよ。マレーシアの首相が一九八一年に提案したルック・イースト政策以来、東南アジア諸国の目は日本に向けられっぱなしですからね」

「やっかみもあるのかもしれないが、日本の進出企業は少々あこぎなんじゃないのかな。それだから、現地の人々の反感を買って、大手商社の駐在員なんかが営利誘拐の標的《ターゲット》にされるんでしょう」

「おたく、奴らの肩を持つのか」

　樋口がぞんざいに言って、露骨に顔をしかめた。

「別に、そういうわけではありません。ただ、拝金主義者ばかりになった同胞たちに苦り切ってるだけですよ」

「ふうん」

「なんだか話が脱線しちゃいましたね」

「おたくがいけないんだ、妙なことを言い出すから」

「話を元に戻します。教室に来なくなった連中の名前や住所を教えてくれませんか。記事にするつもりはないんですが、ちょっと会ってみたいんですよ」

「お断りする。あいつらは、学校のイメージをダウンさせるだけだからね」

「そういうことなら、諦《あきら》めましょう。どうもお邪魔しました」

更級は腰を上げた。

事務局長はむっとした顔で、押し黙ったままだった。立ち上がろうともしない。

更級は事務室を出て、エレベーターホールに足を向けた。ボタンを押したが、エレベーターには乗らなかった。

ホールに数分たたずみ、更級はふたたび忍び足で受付窓口に近づいた。

片腕だけを伸ばして、仕切りガラスの表面を爪で引っ掻いた。耳障《ざわ》りな音がたった。

何度か同じことを繰り返すと、厚化粧の女性事務員が窓口に走り寄ってきた。更級は、にんまりした。

仕切りガラスが横に払われた。

女性事務員が顔を突き出した。更級に気づくと、彼女は声をあげそうになった。

更級は自分の唇に人差し指を押し当て、それから小さく手招きした。女性事務員が短く迷ってから、無言でうなずいた。

更級は、エレベーターホールの近くまで歩いた。立ち止まると、すぐに女性事務員が駆け寄ってきた。怪訝《けげん》そうな顔つきだった。

「きみ、アルバイトをする気はない？」

更級は切り出した。

「えっ、アルバイトですか⁉」

「そう。事務室に学籍簿はあるよね？　長期欠席してる連中の名前と住所をこっそり調べてほしいんだ」

「そんなことを調べて、どうするの？」

「ちょっと記事の参考にしたいんだ。これで、何か買ってよ」

更級は札入れから一万円札を抜き、それを素早く相手の手に握らせた。

「貰っちゃっていいの？」

「ああ、取っといてくれ。学籍簿は、どこに保管されてるんだい？」

「キャビネットの中です」

「一階の出入口の所で待ってるよ」

「わかったわ」

女性事務員は上っぱりのポケットに紙幣を滑り込ませると、足早に事務室に戻っていった。

更級はエレベーターで一階まで下《くだ》った。玄関ロビーを行きつ戻りつしながら、時間を稼いだ。

女性事務員が五階から降りてきたのは、およそ十五分後だった。

「遅くなって、ごめんなさい」

「いや、たいして待たなかったよ。で、どうだった？」

「うまくいったわよ」

女性事務員は得意顔で言い、四つ折りにした事務用箋を差し出した。それを受け取って、更級は押し拡げた。

七人の氏名とアドレスが丸みを帯びた文字で書かれている。

「全員、男のようだな」

「ええ、そう。ソムチャイ・ナコーンとバンヤット・トングノイングはタイ人よ。ソムチャイが二十六歳で、バンヤットは二十三歳だったかな」

「その二人はどんなタイプなの？」

「二人とも真面目で勉強家だけど、ソムチャイはちょっと暗い感じね」

「ソムチャイって男は、タイで何をしてたんだろう？」

「軍人だったとか言ってたけど、詳しいことはわからないわ」

「そうか。バンヤットのほうは？」

「バンコクで警官をやったり、トラックの運転手をしてたって話よ」

「元警官か。ソムチャイたちは教室で、反日的なアジテーションをしてたって噂を聞いたんだが、そのへんのことは？」

「教室でのことは、ちょっとわからないわ」

「そうか。えーと、このラザク・オンとダトー・マハティールって二人はマレーシア人？」

更級はメモを見ながら、問いかけた。

「ええ、そうよ。リー・キムウィが中国系のシンガポール人で、ムジブル・ラーマンがバングラデシュの人」

「最後に書いてある劉国鋒《リュウクオフォン》は中国人だね？」

「そう、上海から来た人よ。彼は日本語がすっごくうまくて、演歌も得意なの」

「この七人は、ふだんから仲が良かった？」

「特にそんな感じには見えなかったわ」

「そう。どんな小さなことでもいいんだが、この連中について何かほかに知ってることがあったら、教えてほしいんだ」

「もう知ってることはないわ。プライベートなことは、まったくわからないの」

女性事務員は言い終わった瞬間、わずかに顔つきを変えた。緊張と狼狽の気配がうかがえた。

更級は振り向いた。

体格のいい男が目に入った。三十代の後半で、派手な縞柄の背広を着ていた。右手首に、黄金色のブレスレットを光らせている。堅気には見えない。

男は女性事務員の尻《しり》を軽く撫で、エレベーターホールで立ち止まった。女性事務員は、にやにやしただけだった。

「知り合い？」

「ここの理事長よ」

女性事務員が小声で答えた。

そのとき、男がエレベーターに乗り込んだ。扉が閉まってから、更級は口を開いた。

「理事長はなんていう人なんだい？」

「有馬《ありま》よ、有馬義直《よしなお》」

「なんか凄みのある理事長だな」

「うん、ちょっとね。元は、これだったみたいよ」

女が乾いた口調で言い、自分の頰を斜めに撫ぜた。

「元ヤー公が日本語学校の理事長か。日本語学校の経営は、かなり旨味があるらしいな」

「損はしてないみたいよ。月謝なんかはそんなに高くないけど、定員を無視して、どんどん生徒を入れちゃうから。実際に授業を受けてる人たちは少ないの」

「そうだろうね。日本語学校を隠れ蓑《みの》にして、東南アジアから出稼ぎに来てる連中が少なくないようだからな」

「うちに来る生徒の八割は、そういうパターンよね。ほかの学校も、だいたいそうだろうけど」

「というと、さっきの男はリクルーターでもあるわけか」

　更級は探りを入れた。

「理事長や事務局長は口ではブローカーじみたことはやってないなんて言ってるけど、わたしはやってると思うわ」

「だろうな。女の就学生は水商売関係に送り込まれてるんだろう？」

「でしょうね。水商売というより、はっきり言えば、売春だと思うわ」

「男の就学生は土木工事なんかを世話してもらってるの？」

「そうね、それから鋳物工場や食肉加工会社なんかに斡旋《あっせん》してもらってるみたいよ」

「そう」

「おそらくみんなは、高い斡旋料を取られてるんじゃないのかな。なんかかわいそうよね」

「そうだな」

「だいたい日本の法律がおかしいのよ。就学ビザじゃ、一週間に二十時間以内のアルバイトしかできない」

「そうだね」

「彼らはみんな、日本で働きたがってるの。どうせ安い賃金で使ってるんだから、どんどん正式に雇ってやればいいのよ。そうなれば、悪質なブローカーなんかいなくなるのに」

「出稼ぎ外国労働者を受け入れるようになったら、日本語学校は次々に潰《つぶ》れるかもしれないな」

「別にかまわないわ。デフレ不況といっても、その気になれば、働き口なんか、いくらでもあるもん」

「それもそうだな」

「わたし、そろそろ戻らないと……」

女性事務員が腕時計をちらりと見て、あたふたと歩み去った。

更級はまだ訊《き》きたいことがあったが、引き留めなかった。コートを小脇に抱えたまま、雑居ビルを出る。

夕闇が濃かった。

更級は、駅裏の有料駐車場に急いだ。数分で駐車場に着いた。

スカイラインに乗り込むと、更級は特殊スマートフォンを使って生駒に連絡する。

ワンコールで、通話可能になった。

「おれだよ。急に教室に顔を出さなくなった就学生たちのリストを手に入れた」

「そいつはご苦労さん。みんなで手分けして、聞き込みに回ろう」

「ソムチャイとバンヤットというタイ人は、東池袋の同じアパートに住んでるんだ。そこは、おれが引き受けるよ」

「了解！　それじゃ、ほかの五人の名前と住所を教えてくれないか？」

「ああ」

更級は残りの五人の氏名とアドレスをゆっくりと読み上げた。生駒がメモを執る気配が伝わってきた。

「この五人を適当に割り振るよ。聞き込みが済んだら、本部に顔を出してもらいたいんだ」

「わかった。そうしよう」

更級は先に電話を切って、車のエンジンを始動させた。

## 2

路地だらけだった。

しかも道幅は、ひどく狭い。軽自動車も通り抜けられないだろう。

東池袋の一角である。あたり一帯に、木賃アパートが軒を連《つら》ねている。どの建物も老朽化が著《いちじる》しい。

盛り場のすぐそばに、こんな住宅密集地域があるとは何か信じられない気持ちだ。

更級は前方にそびえるサンシャイン60を見ながら、路地の奥に向かった。

電信柱の陰で、野良猫が破れた生ごみの袋の中を覗き込んでいる。妙に侘《わび》しい光景だった。

目的の『緑風荘』は、袋小路の奥にあった。

家主の住居を兼ねた小さなアパートだった。二階の四室には、鉄骨の外階段で出入りするようになっていた。ソムチャイとバンヤットは、二〇一号室を借りているはずだ。

更級は鉄骨階段を昇った。

半畳ほどの狭い踊り場に、粗末な下駄箱があった。靴を脱ぎ、中廊下に上がる。裸電球がぼんやりと灯《とも》っていた。廊下の両側に、ふた部屋ずつ並んでいる。二〇一号室は、右側の手前の部屋だった。

更級はドアをノックした。

返事はなかった。ノブに手を掛ける。ロックされていた。

どうやら留守らしい。

更級は二〇二号室の前に移った。ドアの隙間から、明かりが洩れている。更級はノックした。

ややあって、男の声で応答があった。妙なアクセントの日本語だった。

どこかの日本語学校の生徒かもしれない。

更級はそう思いながら、ドアが開くのを待った。

ややあって、ドアが開いた。現われたのは中東あたりの青年だった。イラン人だろうか。

「隣のソムチャイ君を訪ねてきたんだが、外出中なのかな？」

更級は話しかけた。

「彼、ずっと部屋にいないね。ルームメイトのバンヤットもいない」

「きみは、ソムチャイ君たちと親しかったの？」

「友達だったよ、わたしたち。わたし、アブドルです。イランから、日本の電子工学を勉強しに来たね」

「ソムチャイ君たちは、タイに帰ったんだろうか」

「それ、ちがいます。あの二人、タイに帰るお金なんかない。わたし、ソムチャイに三千円貸してあげた。でも、まだ返してもらってない」

「じゃ、泊まり込みでバイトをしてるのかな？」

「わたし、よくわからないよ。ソムチャイもバンヤットも、わたしに何も言わなかったから」

「そう。このアパートには、ソムチャイ君たちのほかにタイ人はいないのかな？」

「いません。前のふた部屋には、日本人が住んでます。ひとりは流しの歌手《シンガー》、もうひとりは板前さんね。どっちも男の人です」

「その二人は、ソムチャイ君たちとはつき合いがあったの？」

「ないです。前の部屋に住んでる人たち、タイ人もイラン人も嫌ってます。わたしが挨拶しても、どちらも知らんぷりね」

　アブドルが首を竦《すく》めた。

「そうすると、このアパートの住人は誰もソムチャイ君たちの行き先はわからないわけだな」

「はい、そうです。あなた、ソムチャイのお友達？」

「まあ、そんなようなもんだね」

「お名前教えてください。ソムチャイが帰ってきたら、わたし、伝言してあげます」

「いや、また出直すよ」

「それ、とっても気の毒です。メグミさんと同じになるね」

「メグミさんって、誰だい？」

更級は訊いた。

「メグミさん、ソムチャイの大切なガールフレンドね。あなた、会ったことないんですか」

「うん。そのメグミさんの連絡先、わかる？」

「わたし、わからない。だけど、メグミさん、毎日、このアパートに来てる。ソムチャイのことが心配みたいです」

「というと、ソムチャイ君は女友達にも何も言わずにどこかに行っちゃったんだな」

「そうみたいです。ソムチャイ、悪い人ね。ガールフレンドに心配かけるのは、とってもよくないこと」

「メグミさんはいつも何時ごろ、ここに来るの？」

「時間は決まってません。でも、だいたい夕方ね。きょうは、まだ来てません」

「そう。ソムチャイ君は、大家には何か話してるんじゃないか？」

「わたし、階下《した》の奥さんにいつか訊《き》いてみました。だけど、奥さん、何も聞いてないと言ってた」

「そう。じゃあ、ひとまず引き揚げることにするよ。いろいろありがとう」

「どういたしまして」

アブドルは愛想よく言って、静かにドアを閉めた。

更級は出入口に向かった。歩くたびに、廊下の床板が軋《きし》む。

鉄骨階段を数段降りたとき、下から二十一、二歳の女性がゆっくりと上がってきた。

学生っぽい身なりだった。

「失礼ですが、ソムチャイ君の知り合いのメグミさんじゃありませんか？」

更級が立ち止まって、相手に問いかけた。

女がステップの途中で足を止めた。黙って見つめ返してくる。その瞳には、警戒の色がにじんでいた。

「別に怪しい者じゃありませんよ」

「わたし、そんなつもりじゃなく……」

「ソムチャイ君が急に姿をくらましたって噂を耳にしたもんだから、ちょっと様子を見に来たんだ」

「あなたは、彼とはどういうご関係なんでしょう？」

「ちょっとした知り合いだよ。たまたま食堂で何度か顔を合わせた程度のつき合いなんだが、お互いに妙に気が合ってね」

更級は言い繕《つくろ》った。

「そうでしたか。わたし、日下恵《くさかめぐみ》といいます。ソムチャイさんとは、半年ぐらい前から親しくしてるんです」

「きみのことは、二〇二号室のアブドル君から聞いたよ」

「そうですか」

「きみはソムチャイ君のことが心配で毎日、ここに来てるそうだね」

「はい、そうです。最初の何日かは大家さんに電話をしてたんですけど、何となく悪い気がしてきて。それで直接、ソムチャイさんたちの部屋を覗くようになったんです」

「二〇一号室には、人の気配はなかったよ。ドアもロックされてたな」

「やっぱり……」

恵が肩を落とした。

「よかったら、近くでコーヒーでも飲まないか？　お互いの情報を交換し合えば、ソムチャイ君たちを探し出す手掛かりが摑めるかもしれないからさ」

「そうですね」

「それじゃ、表通りまで出よう」

更級は言った。恵が体の向きを変えて、先に階段を降りた。更級は後につづいた。

表通りに出るまで、二人は無言で歩いた。

右に折れた所に、カフェがあった。その店に入る。

隅のテーブル席に向かい合うと、恵が先に言葉を発した。

「あのう、失礼ですけど、お名前を教えてください」

「更級です。フリージャーナリストなんだ」

「そうなんですか」

「ソムチャイ君たちの身を案じてることはもちろんだが、不可解な失踪事件にも職業的な興味を持ってるんだよ」

更級は言った。恵は、更級の言葉をすんなり信じたようだった。

ウェイトレスがやってきた。

ともに、ホットコーヒーを注文した。更級は煙草に火を点けてから、恵に小声で話しかけた。

「ソムチャイ君とは、どこで知り合ったの？」

「アルバイト先です。わたし、美術系の大学に通ってるんですけど、その当時、新宿の中華レストランでウェイトレスのバイトをしてたんですよ」

「そこに、ソムチャイ君がいたわけか？」

「ええ、そうです。彼とバンヤットさんは皿洗いのバイトをしてました」

「で、きみはソムチャイ君と愛し合うようになったんだね？」

「まだそこまで感情は高まってないんですけど、彼のことは嫌いじゃありません」

恵が白い頰を赤らめた。

「ソムチャイ君と最後に会ったのは、いつなの？」

「ちょうど二週間前です。その日は、バンヤットさんの誕生日だったんですよ。それでわたし、二人の部屋に遊びに行ったんです」

「ソムチャイ君たち二人が姿をくらましたのは？」

「その翌日からです。わたし、その日の午後にもアパートに行ったんです。でも、部屋には鍵が掛かってました」

「そうか」

　更級は煙草の火を消した。

　そのとき、コーヒーが運ばれてきた。会話は途切れたままだった。

　ウェイトレスが歩み去ると、更級は小さく呟いた。

「ソムチャイ君たちは、どこにいるんだろうか。何か心当たりは？」

「それがまったくないんですよ」

「そう。日本語学校の樋口って事務局長の話によると、ソムチャイ君たちは教室で反日的なアジテーションをしてたらしいんだ。ソムチャイ君は日頃、きみにもそのような言動を示してた？」

「いいえ、そういうことは全然ありませんでした。ちょっと日本に幻滅したみたいなことは言ったことがありますけど」

「そうか。ソムチャイ君を含めて七人の生徒が、『セントラル日本語学校』を無断欠席してるんだよ」

「そんなにたくさんの就学生が消えちゃったんですか⁉」

　恵が驚きの声をあげた。

「そうなんだよ。ただし、七人が行動を共にしてるかどうかはわからないんだがね」

「みんなが行動を共にしてるとしたら、建設工事現場かどこかで、こっそり働いてるんじゃないのかしら？　ソムチャイさん、あまり経済的に恵まれてなかったんです」

「それだったら、ソムチャイ君はきみに黙って消えたりしないんじゃないか」

「彼は就学ビザで入国してるから、フルタイムでは働けないんです。だから、ソムチャイさんはきっと……」

「ちょっと待ってくれないか。現実には就学ビザでフルタイムでこっそり働いてるアジア人が大勢いる。法律には触れることだが、親しい女友達にも働いている先を内緒にしておくとは考えられないな」

「ソムチャイさんたちは、あまり大っぴらにはできないアルバイトをしてるんじゃないでしょうか？　たとえば、産業廃棄物の不法投棄とか」

「その程度のことだったら、親しい者には喋りそうだな」

「確かに、そうかもしれませんね」

「日下さん、ソムチャイ君は軍人だったらしいじゃないか？　事務局の女性がそんなことを言ってたんだ。その話は、事実なんだろうか」

「詳しいことはわかりませんけど、ソムチャイさんが軍人だったことは確かです。射撃術の成績は、いつもトップだったと言ってました」

「そうか、やっぱり。ソムチャイ君の交友関係をできるだけ詳しく話してほしいんだ」

「交友関係といっても、彼が親しくしてたのはバンヤットさんだけでした」

「日本語学校の仲間たちとは、どうだったんだろう？」

「みんなアルバイトに追われてるとかで、教室だけのつき合いだったみたいですよ」

「バイト先の日本人とも、私的なつき合いはしてなかったんだろうか」

更級は確かめた。

「ソムチャイさんは、わたし以外の日本人とはそういう交際はしていませんでした」

「そう」

「ただバンヤットさんのほうは、何人かの日本人とつき合ってたみたいですよ」

「どんな連中とつき合ってたのかな」

「よくは知りませんけど、原発反対運動をしてる市民グループの人たちとか学生運動の活動家なんかと時々、どこかで会ってたようです」

日下恵はそう言って、コーヒーカップを摑み上げた。

ソムチャイたち七人は、〝反日武装アジア民主青年同盟〟と名乗っている暗殺集団と何か関わりがあるのだろうか。

　更級はぼんやり考えながら、生温くなったコーヒーを啜った。こくも香りもなかった。すぐに更級はカップを受け皿に戻した。

　そのとき、恵が細い声で言った。

「ソムチャイさんたちは悪い人たちに騙《だま》されて何かとんでもないことをやらされてるんじゃないでしょうか。人間って、追いつめられると、かなり大胆なことも平気でやれるようになりますよね」

「そうだな」

「警察の手を借りるべきでしょうか？」

「微妙なところだね。ソムチャイ君たちが何か危《ヤバ》いバイトをしてたら、かえって面倒なことになるからな」

「ええ、そうですね」

「もう少し様子を見たら、どうだろうか」

「はい、そうします。もしかしたら、ひょっこりアパートに帰ってくるかもしれませんものね」

「そうだね。もしソムチャイ君から何か連絡があったら、わたしに知らせてくれないか」

更級はメモ帳に私物のスマートフォンの番号を走り書きして、それを恵に渡した。

恵は、メモをかわいらしいバッグに収めた。それから彼女は、遠慮がちに言った。

「もうよろしいでしょうか。わたし、ちょっとアパートの大家さんに会ってから、家に帰るつもりなんです」

「手間を取らせて、悪かったね。いろいろ参考になったよ。どうぞお先に」

「はい。それじゃ、ご馳走になります」

恵は頭を下げ、立ち上がった。更級は坐ったまま、恵を見送った。

チームの誰かが、何か手がかりを摑んでくれただろうか。

更級は煙草を吹かしながら、それを期待した。

一服し終えると、すぐに店を出た。夜の色は深まっていた。更級は、近くの公園をめざした。車は公園の脇に駐《と》めてあった。

少し歩くと、交差点に差しかかった。

横断歩道の信号が赤だった。更級はたたずんだ。

そのとき、背後で男の声が響いた。

「すみません。煙草の火を貸してもらえませんか?」

「いいですよ」

更級は上着のポケットに片手を突っ込み、ゆっくり振り返った。

その瞬間だった。目の前を白っぽい光が掠《かす》めた。匕首《あいくち》のきらめきだった。

更級は横に跳《と》んで、回し蹴りを放った。

蹴りは相手の胴に決まった。スキンヘッドの若い男がよろけた。更級は男の側頭部を肘《ひじ》で弾いた。

肉と骨が鳴った。男が短く呻き、歩道に倒れた。

更級は左右を見た。

近くに人影はない。更級は男の脇腹を蹴り込んだ。ブーツの先が深々と埋まった。

男が声を放って、四肢を縮めた。まるで亀だった。

「なんの真似だっ」

更級は、男の右手首を靴の踵《かかと》で強く踏みつけた。男が痛みに顔を歪めながら、早口で言い訳をした。

「すまねえ。人違いだったんだ」

「どうせなら、もう少しましな嘘をつけ！　誰に頼まれた？」

「そんなんじゃねえよ。おれは、本当に人違いをしただけなんだ」

「しぶといな」

更級は薄く笑い、踵で半円を描いた。

男が野太い声で唸って、指をゆっくりと拡げる。刃物が路面に零《こぼ》れ、無機質な音をたてた。

更級は匕首を遠くに蹴った。男は右手首を摩《さす》りながら、のろのろと身を起こした。

「もう一度訊《き》く。誰に頼まれて、おれを襲ったんだっ」

更級は男の胸倉を摑んだ。すぐに相手が言い返した。

「あんた、何を言ってんだよ。頭《ペテン》がおかしいんじゃねえのか」

「世話を焼かせやがる」

更級は言いざま、相手の股間を膝頭で思うさま蹴り上げた。急所は外さなかった。

男が声をあげて、屈《かが》み込んだ。すかさず更級は相手の顔面を蹴った。軟骨の潰れる音がした。男が悲鳴を発した。膝から崩れそうになった。

更級は、男の体をまっすぐに起こした。男の口許は血で汚れていた。

「警官《マッポ》呼ぶぞ」

「刃物《ヤッパ》なんか振り回しておきながら、ずいぶん情けないことを言うんだな」

「おれが悪かったよ。もう勘弁してくれねえか」

「そうはいかない。ここじゃ、人目につくな。裏通りに行こう。そこで、たっぷり痛めつけてやる」

「や、やめてくれ。言うよ。おれは、理事長のお抱え運転手なんだ」

「理事長って、『セントラル日本語学校』の有馬のことか?」

「そう。あんたが何か嗅ぎ回ってるようだったから、ちょっと威《おど》してやれって言われたんだよ」

「有馬って理事長は、ただの悪質なリクルーターじゃなさそうだな。いったい何をしてるんだ？　密入国した中国人に、アルゼンチンの偽パスポートでも高く売りつけてるのかっ」

「おれは何も知らねえよ。もう放してくれないか。頼むよ」

男が弱々しい声で言った。嘘ではなさそうだ。

更級は両手を放した。

いつの間にか、人が集まっていた。男は遠巻きに立っている人々を突き飛ばし、一目散に逃げ去った。匕首を置きざりにしたままだった。

怪しい日本語学校には何かありそうだ。

更級は横断歩道を渡らずに脇道に入った。ひとまず野次馬の目から逃れる必要があった。

## 3

「それじゃ、更級さんから聞き込みの報告をしてもらおうか」

「おれは新入りなんだから、最後にしてもらいたいな」

更級は、チーフの生駒に言った。

植草邸の広い応接間である。処刑班のメンバーが打ち揃っていた。夜の九時過ぎだった。

「では、先に報告しよう」

生駒がそう前置きをして、すぐに言い重ねた。

「わたしはマレーシア人のラザク・オンのアパートを訪ねたんだが、これといった収穫はなかったよ。ラザクは、アパートの住人や友人に何も告げずに忽然と消えたようだ」

「ラザクは、国では何をしてたんだい？」

野尻が生駒に質問した。

「電気工事の仕事をしてたらしい。しかし、安い賃金に厭気がさして、日本でひと稼ぎしようと思い立ったようだな」

「その気持ち、わかるよ。東南アジアは、どこも信じられねえくらいに給料が安いからな。奴らの月給分くらい、こっちなら二、三日で稼ぎ出せるんじゃねえの？」

「まあ、そうだろうな」

「おれが当たったバングラデシュのムジブル・ラーマンって奴なんか家を売っ払って、

渡航費を捻《ひね》り出したみてえだぜ」

「ムジブルも、やっぱり周囲の人間には何も洩らしてないのか？」

「ああ。でも、ムジブルの向かいの部屋の留学生の話だと、奴は過激派みたいな日本人とつき合ってたらしいよ」

「セクトとか、つき合いのあった日本人の名前は？」

「訊いてみたけど、そこまではわからねえってさ」

「そうか」

生駒が重々しく応じ、考える顔つきになった。

バンヤットも市民運動や反原発運動などに興味を持っていたというから、消えた七人は反体制グループの活動に加わったのだろうか。

更級は、ちらりと思った。

「あたしは上海から来たっていう劉国鋒の下宿に行ってみたんだけどさ、何にも手がかりは得られなかったわ。ごめんなさい」

女装したジュリアンが報告した。はっとするほど妖艶だった。

ジュリアンにつづいて、悠子がダトー・マハティールについて喋った。その後に、芳賀がリー・キムウィのことを語った。どちらも、大きな収穫は得ていない。

「次は更級さんの番だな」

生駒に促され、更級は経過をかいつまんで話した。報告し終えると、生駒が真っ先に言った。

「その有馬理事長が何か鍵を握ってそうだね」

「おれも、そう思うよ」

更級は同調した。すると、野尻が口を挟んだ。

「有馬って野郎はてめえが悪質なブローカーだってことを暴《あば》かれたくなくて、あんたに威《おど》しをかけただけなんじゃねえのか？」

「ただそれだけとは思えないな」

「そうかなあ」

「どっちにしても、ちょっと有馬に揺さぶりをかけてみたほうがよさそうだ」

「おれは、むしろ過激派と七人の繋がりを先に洗うべきだと思うな。もしかしたら、極左の連中がソムチャイたち七人を煽《あお》って、一連の暗殺事件を手伝わせたのかもしれないからさ」

「姿をくらました就学生たちが過激派の思想に共鳴したというのか？」

「共鳴したというより、洗脳されちまったんだろうな。さもなきゃ、七人は銭で雇われたんじゃねえのか」

「考えられなくはないが、おれはやっぱり先に有馬を揺さぶるべきだと考えてる。みんなはどう思う?」

　更級は仲間たちを見回した。すぐに生駒が更級の考えに同調した。それを合図に、ほかのメンバーも次々に更級の提案を支持した。

「多数決の世の中だから、おれもみんなに従うよ」

　野尻が言った。幾分、不服そうだったが、それ以上は何も言わなかった。

　一瞬、部屋に気まずい空気が漂った。

　そんなとき、応接間のドアがいきなり開いた。部屋に飛び込んできたのは、ボスの植草甚蔵だった。

「いま、警察無線を傍受《ぼうじゅ》しとったんやけど、防衛大臣の塙昌男《はなわまさお》が自宅前で狙撃されよったで」

「狙撃犯はどうなりました?」

　生駒が訊いた。

「逃走しよったらしいわ」

「そうですか。おおかた〝反日武装アジア民主青年同盟〟と称してる連中の犯行でしょう」

「その疑いはあるやろうな。みんな、地下の無線室に来てんか」

　植草はそう言い、真っ先に部屋を出た。

生駒がメンバーに目配せして、ソファから立ち上がった。更級たちはひと塊《かたまり》になって、地下室に向かった。

地下室に入ると、情報収集班のスタッフたちが忙しげに働いていた。

ボスの植草は、大型無線機の前で足を止めた。その周《まわ》りに、処刑班のメンバーが集まった。

更級は耳を澄ました。無線機から、音声が聴こえてくる。警視庁指令本部から各パトカーに伝えられる指令だった。

傍受内容を総合すると、塙防衛大臣は世田谷の自宅前の路上で、頭にライフル弾を撃ち込まれたらしい。むろん、即死だったようだ。

居合わせた第一秘書と運転手が犯人らしい男を追ったが、途中で見失ってしまった。逃げた男は、ゴリラのゴムマスクを被っていたという。

「これで、政財界の犠牲者は五人になったわけね」

悠子が更級に話しかけてきた。

「そうだな。〝反日武装アジア民主青年同盟〟の要求は、どうやら脅しじゃないようだ」

「ええ。政府が彼らの要求を呑むかしら?」

「おそらく呑まないだろう。というより、要求を呑めないといったほうが正確だろうな。東南アジア系労働者の受け入れは可能でも、〝経済侵略〟はやめるにやめられないはずだから」

「となると、政財界の大物たちがひとりずつ殺されていくんでしょうね」

「そういうことになりそうだな」

「ねえ、更級さん。消えた七人の就学生が〝反日武装アジア民主青年同盟〟と名乗って、暗殺を繰り返してるとは考えられない？」

「その可能性はないとは言いきれないが、おれはそう筋を読んでない。ソムチャイたちが暗殺集団と関わりがあったとしても、実行犯グループには加わってないだろう」

「どうして、そう思うの？」

「狙撃者の腕は一流も一流だよ。並の軍人や警官崩れじゃ、ああまで鮮やかには標的をシュートできないさ。実行犯は射撃のプロたちなんだろう」

「そうだとしたら、就学生たちの役割はどういうことになるわけ？」

「単なる使い走りとして雇われたか、あるいは身代わり犯として利用されてるのかもしれないいな」

「後者だとしたら、ソムチャイたち七人は濡衣《ぬれぎぬ》を着せられてるわけよね？」

「そうなるな」

「更級さんの推測が正しいとしたら、いったい暗殺集団は何者なんだろう？」

「残念ながら、まだそれが見えてこないんだ」

「別の視点から推測してみたら、どうかしら？　たとえば、暗殺された人たちに何か共通点があるかどうかとか……」

「きみは、いいことに気がついてくれたな」

　更級は、厚く立ち込めた霧に切れ目が生まれたような気がした。

「いいことって？」

「殺された男たちには、共通するものがある。奈良林法務大臣、茂手木経産大臣、塙防衛大臣の三人は、森脇《もりわき》繁《しげる》総理の子飼いだよな？」

「あっ、そうね！　それから旭光建設の寺久保社長と丸菱商事の深見会長の二人は、森脇派の政商だわ」

「こうも森脇派ばかりの人間が殺されたとなると、いやでも仇敵である派閥が気になってくる」

「ええ。森脇派のいちばんの仇敵となると、浄明寺《じょうみょうじ》派ね。幹事長の浄明寺一成《かずなり》は、次期総理と目されてる人物だから」

「浄明寺幹事長が首相の座に就きたがってることは間違いない。浄明寺の妻の父親も、総理を務めた男だからな」

「ええ。そうなると、浄明寺幹事長がテロリスト集団を使って、森脇派の大臣たちを次々に……」

「単純に考えると、そうなるだろうな。だが、浄明寺がそこまでやるのはあまり意味がないと思うんだ」

「あら、なぜ？」

「森脇内閣の支持率はきわめて低い」

「ええ、そうね」

「総辞職に追い込まれるのは、もう時間の問題だろう。場合によっては衆院解散・総選挙になるかもしれない」

「そうね」

「仮に総選挙にまで発展したとしても、民自党が新たな野党連合に政権を譲り渡すところまではいかないだろう」

「ええ。民自党の支持率は下降線をたどりっぱなしだけど、野党も必ずしも足並が揃ってるわけじゃないから、なんとか政権だけは執《と》れるでしょうね」

「となると、次期の総理は浄明寺ってことになってくる」

「つまり、浄明寺幹事長はわざわざ危険なことをする必要はないわけね？」

「そうなんだ。だから、浄明寺が暗殺グループを動かしてるという説は成り立ちにくいんじゃないのか？」

「確かに、その通りね。それに浄明寺一成は、織部典生とはそれほど深い繋がりがないんでしょ？」

「ああ、浄明寺派の母体は彼の岳父《がくふ》が結成した信和会だからな。浄明寺の岳父の佃《つくだ》信太郎《しんたろう》は、むしろ織部のライバル右翼、玉置加津也《たまおきかづや》と親しかったはずだよ」

「あなた、政界の人脈に詳しいのねえ」

悠子が関心したような口ぶりで言った。

「それほどでもないよ。検事時代にいろんな汚職事件を捜査したんで、それでちょっとな」

「汚職に政治家や利権右翼はつきものよね」

「そうだな」

「それはそうと、浄明寺幹事長が一連の事件の背後にいないとしたら、次に考えられるのは誰かしら？」

「大和田貢《おおわだみつぐ》の一派が森脇を快く思っていないことは確かだろうな」

更級は即座に答えた。

森脇総理は、かつて民自党の最大派閥だった大和田派に属していた。大和田貢は、アクの強い人物だった。だが、親分肌で情に脆《もろ》かった。面倒見のよさに惹かれた国会議員たちが、自然に大和田の許《もと》に集まった。

だが、大和田は不運に見舞われた。大がかりな贈収賄事件で失脚し、その後、病《やまい》に倒れてしまったのだ。

小番頭格の森脇は変わり身の早い男だった。首領の大和田が再起不能と覚《さと》ると、抜け目なく派の中堅や若手議員を引き連れて、新たな派閥『若獅子会』を創《つく》り上げた。そんなことで現総理は、本家筋に当たる大和田派の古手議員たちの恨みを買っていた。

「大和田派の大番頭の近石宗賢《ちかいしそうけん》なんか、もろに敵愾心《てきがいしん》を剝《む》き出しにしてた時期があったわよね」

悠子が言った。

「そうだったな。しかし、いまや大和田派は老人ホームみたいなもんだ。巻き返しを図《はか》るだけの力はないだろう」

「巻き返しは無理でも、森脇内閣をぶっ潰すことぐらいはできるんじゃない？」

「近石あたりが私恨を晴らすため、プロのテロリストたちを雇ったんじゃないかというわけか？」

「ええ。大人げないことだけど、まったく考えられないことじゃないでしょ？」

「うん、まあ。大和田貢は若い時分に、織部典生と共同事業をしたこともある仲だしな」

「それは知らなかったわ。そういう話なら、大和田派の仕返し説もリアリティーがあるんじゃない？」

「そうだな」

　更級は相槌を打った。

　そのとき、生駒が二人の会話に割り込んだ。

「いま、塙防衛大臣を殺したグループが毎朝新聞の東京本社に犯行声明のメールを渋谷のネットカフェから寄せたそうだ。フリーメールだったらしい。社会部にいる協力者がファクスで知らせてくれたんだよ」

「やっぱり、〝反日武装アジア民主青年同盟〟と名乗ったのか？」

　更級は問いかけた。

「ああ。それだけじゃなく、フリーメールを送信した男は最高幹部のソムチャイ・ナコーンだと名乗ったらしい」

「暗殺集団がいまになって、わざわざ個人名を明かすとは妙だな」

「こりゃ、何か裏がありそうだね」

　生駒が言った。

「おそらくテロリストグループが、ソムチャイ・ナコーンの名を騙《かた》ってるんだろう。七人の就学生は、事件には無関係だと思うよ」

「更級さん、七人の就学生はどこかに監禁されてるんじゃないだろうか」

「多分、そうなんだろう。いや、ひょっとしたら、もう殺されてるかもしれないな」

「そうか、そうも考えられるな。ソムチャイたちは暗殺グループの一味に『いい働き口があるぞ』とか何とか言葉巧みに誘われて、毒牙にかかったんだろうね」

「おおかた、そんなところだろう」

「更級さん、有馬を痛めつけてみてくれないか。おれたちは、織部と熊井を徹底的にマークするよ」

「わかった。なんとか有馬を押さえて、口を割らせよう」

更級は口を結んだ。そのとき、悠子が生駒に声をかけた。

「チーフ、わたしを更級さんのアシスタントにして」

「更級さんだけで大丈夫だと思うがな。それに少々、危険を伴う仕事だからね」

「でも、更級さんは有馬に顔を見られてると思うの。ひとりだけだと、尾行しにくいんじゃない？」

「そうだな、確かに。それじゃ、コンビでやってもらおうか」

「了解《ラジャー》！」

悠子がおどけて敬礼した。

ひとりのほうが動きやすい。更級はそう思ったが、口には出さなかった。

「ボス、われわれは応接間に戻ります。明日からの打ち合わせをしておきたいんですよ」

生駒が植草に言い、出入口に向かった。

更級たちメンバーも歩きだした。植草は大型無線機の前から動かなかった。

応接間に戻ると、すぐに作戦会議がはじまった。会議は数十分で終わった。生駒の指示に、異論を唱える者はいなかった。

「さて、帰るか」

更級はソファから立ち上がった。と、ジュリアンが腕を絡めてきた。

「ねえ、お店に同伴出勤してくれない？　裏稼業の仕事でちょくちょくお店を休むもんだから、最近、ママがいい顔しないのよ」

「だったら、いっそ店をやめちまうんだな」

「だめよ。あたし、趣味と実益を兼ねてんだからあ。それにさ、いい情報を摑めることもあんのよ」

「そうだったな」

「ね、お願い！　つき合って」

「あっちの元気ボーイでも誘ってやれよ」

更級はジュリアンの腕を振りほどいて、野尻に視線を向けた。

野尻の目が尖《とが》った。だが、挑発に乗ってこなかった。

更級は肩透《す》かしを喰ったような気持ちだった。退屈しのぎに、野尻とじゃれ合うつもりだったのだ。

野尻はなんだか元気がない。好きな女にフラれたのか。更級はそう思いながら、最初に応接間を出た。

玄関で靴を履いていると、悠子が駆け寄ってきた。

「わたしの部屋で、お酒でも飲まない？　バーボンもあるわよ」

「せっかくだが、今夜は遠慮しておこう」

「案外、臆病なのね」

「明日、会おう」

更級は玄関を出た。

広いガレージに駐《と》めてある黒いスカイラインに乗り込む。更級は車をスタートさせた。

下馬の自宅マンションに帰りついたのは、小一時間後だった。

居間の長椅子に腰かけたとき、サイドテーブルの上の私物のスマートフォンが鳴りはじめた。更級は腕を伸ばして、スマートフォンを掴み上げた。

発信者は日下恵だった。

「何かソムチャイ君から連絡があったのかな」

「いいえ。昼間、ソムチャイさんのアパートに行ったら、彼の家族から一通のエアメールが届いてたんです」

「航空便がどうかした？」

「どういうわけか、封が剝《は》がれかけてたんです。わたし、悪いとは思ったんだけど、手紙を読んじゃったんです」

「きみはタイ語がわかるのか」

「ソムチャイさんに教えてもらったんです、日常会話と簡単な読み書きを」

「そう。で、どんな文面だったの？」

更級は訊いた。

「全部は理解できなかったんですけど、送金のお礼のようでした。ちょうど一カ月前に、彼は家族に六万バーツも送ってるんです」

「六万バーツというと、日本円にして約三十六万円だね」

「ええ。日本ではたいした金額ではありませんけど、タイではものすごい大金のはずです」

「そうだろうね」

「やっぱりソムチャイさんは悪い人たちに騙《だま》されて、何か法に触れるようなことをさせられてるんだと思います。更級さん、彼を救出するにはどうしたらいいのでしょう？」

「目黒のタイ大使館に相談に行ってみたら、どうだろうか」

「日本の警察には、やっぱり行かないほうがいいのでしょうか？」

「いや、もうそんな悠長なことは言ってられない。タイ大使館の人と相談して、警察の協力を仰ぐべきだな」

「わかりました。明日の朝早く、とにかく大使館に行ってみます」

「何か困ったことがあったら、いつでも力になるよ」

「ありがとうございます。夜分にどうも失礼しました」

恵の声が途絶えた。

ソムチャイたちが罠に嵌まったことは、もはや間違いない。

更級はスマートフォンを耳から離した。

## 4

メルセデス・ベンツは動き出さない。

池袋の雑居ビルの前に路上駐車したままだった。有馬理事長の車だ。

運転席には、スキンヘッドの男が坐っている。きのうの夕方、更級が痛めつけたお抱え運転手だ。男は、かれこれ二時間近く有馬を待っていた。

有馬は何をしているのか。

更級はステアリングを指先で叩きはじめた。目はルームミラーから離さなかった。スカイラインは、ベンツの二台前にパークしていた。ベンツのすぐ後ろには、悠子のプリウスが駐車している。

少し経つと、無線機が小さな放電音を発した。

「更級さん、このままずっと待つつもり？」

「退屈しはじめたようだな」

「ええ、欠伸《あくび》が出そうだわ。日本語学校に乗り込んで、有馬理事長を拉致《らち》したほうがいいんじゃない？」

「拉致するのは、まだ早いな。予定通りにしばらく有馬を尾行して、奴が誰かと接触するかどうか確かめるんだ。取っ摑まえて痛めつけるのは、その後《あと》にしよう」

「わかったわ」

「それじゃ……」

「あ、待って。昨夜《ゆうべ》はわたし、あまりよく眠れなかったの」

「どうして？」

「意地悪ね、わかってるくせに。いつか仕返しをしてあげるから、覚悟してらっしゃい。だって、あなたは女に恥をかかせたんですもの」

「何も気にするほどのことじゃないと思うがね」

「だめよ、赦《ゆる》してあげない」

　悠子が笑いを含んだ声で言い、交信を切った。

　更級は小型マイクをフックに掛けた。煙草をくわえかけたとき、特殊スマートフォンに着信があった。発信者は生駒だった。

「有馬は？」

「『セントラル日本語学校』に入ったきり、二時間近く出てこないんだ。エアロビクスの先生は苛《いら》つきはじめてるよ」

「悠子ちゃんは、せっかちだから」

「そうみたいだな。菊心会館のほうは、どうなんだ？」

「いまのところ、変化なしだね。織部邸にも、これといった来客はないそうだよ。ついさっき、野尻から連絡が入ったんだ」

「そう。芳賀は、大和田派の大番頭の私邸をマーク中だったな」

「ああ、近石宗賢に張りついてる。ジュリアンには念のため、浄明寺幹事長一派の動きを探らせてるんだ」

「そうか」

「しかし、どっちも成果なしらしいよ」

「お互いに辛抱強く粘ろうや」

「そうだね。あっ、熊井が会館から出てきた！　何かあったら、連絡を頼む」

電話が切れた。

更級はマールボロに火を点けた。ふた口ほど喫《す》うと、無線機から悠子の声が流れてきた。

「いま、ベンツの後部座席に男が乗り込んだけど、あいつが有馬理事長？」

「見てみるよ」

更級はルームミラーとドアミラーを覗き込んだ。有馬の顔が見える。

「そうだ、奴が有馬だよ」

「元じゃなくて、現役のヤーさんって感じね」

「おそらく、いまも現役なんだろう。きみの車と前後になりながら、ベンツを尾行しよう」

「ええ」

「最初は、きみが先に出てくれ」

「了解！」

悠子の声には、余裕が感じられた。A級ライセンスを持っているくらいだから、カーチェイスには自信があるのだろう。

更級は喫《す》いさしの煙草を灰皿に投げ入れ、イグニッションキーを捻《ひね》った。エンジンの重い響きが頼もしい。

ベンツが動きはじめた。

いくらか間《ま》を取ってから、悠子の車が走りだした。更級は数台あとから追った。

有馬を乗せたベンツは目抜き通りを抜けると、中仙道《なかせんどう》に入った。

いつしか黄昏《たそがれ》の気配が色濃くなっていた。筋者や成金たちが好むドイツ製の高級車は戸田橋《とだばし》を渡り、埼玉県に入った。そのまま、一定の速度で直進していく。

道路は、やや渋滞気味だった。蕨《わらび》市を抜けるころには、とっぷりと日が暮れていた。

「今度は、おれが前に出よう」

更級は無線で悠子に告げた。

プリウスが減速し、左に寄る。後続車の二台が、悠子の車を追い抜いた。更級は加速し、二台の車の間にスカイラインを割り込ませた。

すぐ後続の車がタイヤを軋《きし》ませ、クラクションを鳴らした。更級は片手を挙《あ》げて、素直に詫びた。前を向いたままだった。

与野《よの》市に入ると、ぐっと車数が少なくなった。

ベンツが速度を上げた。

更級は前走車を抜いた。ベンツのすぐ後ろにつけた。しかし、車間距離をたっぷりとった。不用意に近づきすぎたら、相手に気づかれてしまう。

しばらく走ってから、更級は悠子とポジションを替えた。さいたま市に入ると、ふたたび更級は前に出た。

それから間もなく、ベンツが左折した。

所沢方面に数分走り、今度は右に折れた。そのあたりには、まだ畑や雑木林があちこちに残っていた。民家の数は少ない。

有馬はこんな所まで何をしに来たのか。車を走らせながら、更級は首を傾《かし》げた。

ベンツが自動車スクラップ工場の敷地に吸い込まれていった。

更級は工場の手前で、車を停めた。十五、六メートル後ろにプリウスが停止する。

「きみは車の中で待っててくれ」

更級は無線マイクを握って、小声で悠子に言った。

「あなたひとりで工場の中に入るの？」

「そうだ」

「わたしをお嬢さん扱いしないで。荒っぽいことには馴《な》れてるし、護身用の拳銃も持ってるのよ」

「おれは、別に騎士《ナイト》を気取ったんじゃないんだ。二人で動くのは目立つと思っただけだよ」

「なあんだ、そういうことだったの」

「おれがなかなか戻ってこないようだったら、後から踏み込んでくれ」

更級はマイクを無線機のフックに掛け、グローブボックスを開けた。ウエスの下からグロック32を摑み出し、それをベルトの下に挟んだ。ショルダーホルスターは着用していなかった。

更級は車のエンジンを切った。

キーは抜かずに、そっと外に出る。工場の周囲は畑だった。そのせいか、闇が深い。夜気《やき》は尖っていた。

更級は抜き足で、スクラップ工場に近づいた。

鉄の門扉《もんぴ》は開け放たれていた。敷地の左側に廃車が堆《うずたか》く積まれ、正面に工場が見える。その右手に、軽量鉄骨のプレハブ事務所があった。

二階建てだった。窓は明るかった。

有馬のメルセデス・ベンツは、事務所の前に駐《と》められている。すでに有馬と運転手は車の中にはいなかった。

このスクラップ工場のどこかに、ソムチャイたち七人が監禁されているのだろうか。

更級は中腰で事務所まで歩いた。壁に耳を押し当て、神経を研ぎ澄ます。物音や人の声は聞こえない。

建物の中に忍び込むのは、危険かもしれない。有馬たちを表に誘い出そう。

更級はベンツの陰に身を潜めた。

足許の小石を拾って、事務所のガラス戸に投げつけた。ガラスが鳴った。人の動く気配はうかがえない。

更級は大きめの石を拾い上げ、事務所のガラスを破った。派手な音がしたが、やはり誰も飛び出してこない。

有馬たちは事務所のどこかに隠れたようだ。

更級は拳銃を握りしめ、事務所に忍び寄った。破れたガラス戸の向こうを覗き込んだとき、不意に背中に硬い物を押しつけられた。銃口のようだ。一瞬、心臓がすぼまった。

「拳銃《チャカ》を捨てねえと、撃《ハジ》くぜ」

後ろで、男の声がした。

「有馬だな?」

「いいから、拳銃を捨てな!」

「わかった」

更級はグロック32を足許に落とし、体ごと振り向いた。

すぐ目の前に、散弾銃《ショットガン》を構えた有馬が立《た》っていた。イサカの二連銃だった。アメリカ製だ。銃身は短く断ち切られている。

スキンヘッドのお抱え運転手の姿は見当たらない。

「おい、何を嗅ぎ回ってやがるんだっ」

有馬が銃口を更級の胸のあたりに定めた。

「ソムチャイたち七人は、どこにいる？」

「なんの話だ。おれは、そんな連中は知らねえ」

「あんたの経営してる日本語学校の生徒たちのことだよ。ソムチャイやバンヤットたちは、どうしたんだ？」

「うちの学校にゃ、そんな名前の就学生はいねえよ」

「とぼける気か。まあ、いいだろう。それより、お抱え運転手はどうしたんだ？」

「奴は、おめえの相棒を取っ摑《つか》まえに行ったよ。けっこうマブい女じゃねえか」

「おれたちの尾行に気づいてたのか⁉」

更級は口の中で呻いた。

「当たりめえよ。だから、おめえらをここに誘い込んだんじゃねえか」

「日本語学校の理事長にしちゃ、少々、やり方が荒っぽいな」

「へらず口をたたくんじゃねえ」

「あんたは、いまもヤー公らしいな」

「てめえら、何者なんだ？　警察《サツ》じゃねえことはわかってる」

「おれたちは、探偵ごっこの好きな市民さ」

「ふざけやがって！」

有馬が引き金に指を深く絡めた。

「おれを殺《や》っても、仲間があんたを追いつづけるぞ」

「まだ仲間がいるのか⁉」

「ああ、頼りになるのが大勢いるよ」

「この野郎、はったりかますんじゃねえ」

「あんたは織部典生の秘書の熊井に頼まれて、七人の就学生を騙《だま》くらかしたんだろう？」

「な、何の話をしてやがるんだ。織部？　熊井だと？　おれは、そんな奴らは知らねえぞ」

有馬はことさら否定したが、明らかにうろたえていた。

「熊井たちは、政財界人の暗殺を企《くわだ》ててるようだな。現に、もう五人も消してる。どうだ、図星だろうが？」

「わけのわからねえことを言ってると、本当にぶっ放すぞ」

「よっぽど織部や熊井が怖いらしいな」

「黙りやがれ。おれのことより、てめえのことを話せ！　おめえらは、いったい何者なんだっ」

「その質問には、さっき答えたはずだ」

「てめえ、なめやがって。上等じゃねえか。よし、片腕ふっとばしてやらあ」

「引き金を絞る前に、後ろをよく見てみろ。ほら、おれの相棒がすぐそこに……」

更級は言った。

有馬が反射的に振り返った。その隙に、更級は散弾銃の短い銃身を掴んだ。銃口を逸《そ》らすなり、すかさずショートフックを放った。

空気が縺《もつ》れた。

パンチは有馬の頰を直撃した。弾《はず》みで、散弾銃が火を噴《ふ》いた。暴発だった。

重い銃声が夜気を震わせた。扇状に散った粒弾が事務所の外壁にぶち当たり、霰《あられ》のような音をたてた。

更級は片手で銃身を握ったまま、有馬の顎を右の拳《こぶし》で突き上げた。まともにヒットした。骨が硬い音をたてる。有馬が大きくのけ反《ぞ》った。

更級は散弾銃を両手で捥《も》ぎ取って、横に泳がせた。銃床が有馬のこめかみを叩いた。

有馬は動物じみた呻き声をあげ、横倒しに転がった。地響きがした。

更級はショットガンを投げ捨て、素早く自分の拳銃を拾い上げた。スライドを引き、有馬に銃口を向ける。有馬が全身を強張らせた。

そのとき、近くで足音がした。

人影がうっすらと見えた。こちらに駆け込んでくる。更級は、グロック32をわずかに横に動かした。

「わたしよ」

人影が言った。悠子だった。

「スキンヘッドの男が、きみに襲いかからなかったか?」

「襲いかかってきたわよ。でも、いまは道端で唸ってるわ。二、三発蹴りを入れて、首筋に手刀《しゅとう》を叩き込んでやったの」

「有馬も、ここで寝転がってるよ」

更級は地べたに視線を落とした。悠子が立ち止まって、問いかけてきた。

「理事長さんは何か吐いたの?」

「それが、なかなかしぶとくてな」

「手加減しすぎなんじゃない?」

「そうかもしれない」

「あそこに、いい物があるじゃないの」

悠子がいたずらっぽく笑い、スクラップ工場を指さした。そこには、巨大な圧縮機があった。

「ポンコツ車の代わりに、人間をのし烏賊《いか》みたいにしようってわけか?」

「ええ、そう。悪くないアイディアでしょ？」

「ああ、面白そうだな」

更級は悠子に言って、有馬に近づいた。

有馬が起き上がった。こめかみに手を当てている。指先が赤い。血だった。

「圧縮台まで歩いてもらおう」

「てめえら、本気なのか⁉」

「もちろん、本気さ。早く歩け！」

更級は顎をしゃくった。

有馬は動こうとしなかった。すると、悠子がだしぬけに有馬に足刀蹴《そくとうげ》りを浴びせた。

有馬は棒のように転倒した。みごとな蹴り技だった。

「理事長さん、あんまり手間をかけさせないでよ」

悠子がからかう口調で言った。少しも息は乱れていなかった。

「て、てめえ、女のくせに」

「女をなめると、ひどい目に遭《あ》うわよ」

「ちくしょうめ」

「理事長さん、早く立ってよ。まごまごしてると、今度は喉と鳩尾《みぞおち》に段蹴りを見舞うわよっ」

ていた。

「てめえ、素人《トウシロ》じゃねえな」

有馬がぶつくさ言いながら、のろのろと起き上がった。体のあちこちに泥が付着し
ていた。

更級は自動拳銃で有馬の背を小突きながら、圧縮台まで歩かせた。

「わたしが圧縮機を動かすわ」

悠子は操作室に走り入った。

ドアを蹴り壊し、彼女は狭い操作室に入った。少し待つと、モーターの音が響きは
じめた。圧縮台の左右から、厚い鉄の壁がゆっくりと迫《せ》り出してきた。

双方の圧縮板はいったんぴたりと閉じ合わさって、少しずつ開きだした。三メート
ルほどの隙間が生まれたとき、モーターの唸りが熄《や》んだ。

「圧縮板の間に入るんだっ」

更級は有馬に命じた。

「待ってくれ。おまえら、何か勘違いしてるんだ。おれは……」

「命令に逆《さか》らうと、たったいま、あんたの脳天を撃ち砕くぞ」

「なんてこった」

有馬がぼやいて、圧縮台の上に這《は》い上がった。それから彼は、二枚の鉄の壁の間に
こわごわ降りた。胸の下は見えなくなった。

更級はあたりを見回した。すぐ近くに、クレーン車があった。その運転台に駆け上がった。眼下に、とてつもなく大きな圧縮台が横たわっている。

更級は操作室の方に体を向け、ライターを点滅させた。合図だ。

すぐにモーターが唸りだした。圧縮板が少しずつ動きはじめる。瞬《またた》く間に、溝は狭まった。

「やめてくれーっ」

有馬が悲痛な声で叫んだ。

更級は、ふたたびライターを明滅させた。モーター音が静止する。

「有馬、プレスされたくなかったら、何もかも喋るんだな」

「わかったよ。喋るから、早くここから出してくれ」

「喋ったら、出してやろう」

「おれはダミーなんだ。本当の理事長は、ほかにいるんだよ。その人に言われて、おれはソムチャイたちにうまい話を持ちかけて、ある場所に連れてったんだ」

「本当の理事長は誰なんだ？」

「それはちょっとな」

「吐かなきゃ、腸《はらわた》が食《は》み出ることになるぞ。それでもいいのかっ」

「くそっ、言うよ。理事長は……」

有馬がそこまで言い、急に圧縮板の間に倒れた。銃声はしなかったが、被弾したことは明らかだった。

サイレンサー付きのライフルで撃たれたのだろう。更級はクレーン車から飛び降り、ベンツの陰に走った。

ほとんど同時に、門扉《もんぴ》のあたりで赤い光が小さく瞬《またた》いた。銃口炎《マズル・フラッシュ》だった。放たれた弾丸がベンツのボディーを掠《かす》めた。

更級は肩から転がった。一回転して、寝撃ちの姿勢をとった。目を凝《こ》らす。門柱の脇に黒い影があった。早く片をつけないと、操作室の悠子が狙われることになる。

更級は標的の脚に狙いをつけた。

引き金を絞る。銃声が静寂をつんざいた。硝煙が鼻先を流れ、ゆっくり拡散していく。

影が揺れた。命中したらしい。

更級は起き上がって、横に動いた。発砲したら、ただちに場所を移動する。それが銃撃戦の基本だった。

更級は片膝を落とした。

二弾目を放とうとしたときだった。背後で、銃声が轟いた。悠子が撃ったのだろう。影が体を回転させて、路上に倒れた。

更級は門まで走った。ゴリラのゴムマスクを被った男が転がっていた。仰向けだった。男の近くに、狙撃銃が落ちている。ウィンチェスターだった。

更級は屈み込んだ。

男は、まだ生きていた。左の腿と右の肩が血糊で濡れている。

更級は用心しながら、男のゴムマスクを剝《は》ぎ取った。クッキーブラウンの顔が現われた。東南アジア系の面立《おもだ》ちだ。

「何者なんだ？」

更級は英語で訊《き》いた。

肌の浅黒い男は喘《あえ》ぐだけで、答えようとしない。悠子が走り寄ってきた。彼女は、ヘッケラー＆コッホＰ７を握りしめていた。

「この男、日本人じゃないわね」

「ああ」

更級は短く答え、男の眉間に銃口を強く押し当てた。男が白目を剝《む》き、耳馴れない外国語で何か口走った。

「多分、タガログ語だわ」

悠子が言った。

「とすると、フィリピン人か」

「ええ」

「おそらく暗殺集団の一員だろう」

更級は悠子に言って、ふたたび男に英語で問いかけた。

「おまえはフィリピン人だな？」

「そうだ」

「誰に頼まれて、有馬を狙撃したんだっ」

「それ、言えない」

「どうやら、おれを怒らせたいようだな」

「おれはホセの命令で動いてるだけだ」

「ホセ？　おまえのボスの名か」

「ああ、そうだよ」

「ホセの命令で、おまえたちは日本の政財界の要人を暗殺したんだな」

「………………」

肯定の沈黙だろう。

「ホセの背後に、誰か日本人がいるはずだ。そいつの名前を言うんだっ」

「おれたちには、そういうことはわからない。依頼人《クライアント》には、ボスしか会ったことがないんだ。本当だよ。嘘じゃない」

「ホセはどこにいる?」

「それは言えないね」

「それじゃ、おれたちはおまえを日本の官憲の手に渡すことになるぞ。そうなったら、おまえは厳しい取り調べを受けることになる。それでもいいんだなっ」

「ホセには借りがある。だから、裏切れないんだ。わかってくれ」

「そうはいかない」

「なら、仕方がないな」

男は右腕を浮かせたかと思うと、不意に短剣《スウォード》で自分の喉を突いた。一瞬の出来事だった。止めようがなかった。短剣は深々と埋まっていた。

なんてことだ。更級はスウォードを引き抜いた。

その瞬間、血がしぶいた。男は血の泡を吐きながら、少しの間、体を痙攣《けいれん》させた。

そのあと、男は息絶えた。

「迂闊《うかつ》だったよ」

更級は悠子に言って、グロック32をベルトの下に差し込んだ。

「仕方がないわよ、更級さん」

「しかし……」

「この男は逃げきれないと思ったときから、こうするつもりだったのよ」

「有馬は？」

「死んでたわ」

「そうか」

「ね、この男のポケットを探ってみましょうよ。何か身分を証明するような物を持ってるかもしれないから」

「そうだな」

　更級は片方の膝をついて、死んだフィリピン人のポケットをことごとく検《しら》べてみた。しかし、素姓のわかるようなものは何も所持していなかった。

「一応、この男の顔写真を撮《と》っておくわ」

　悠子がそう言い、レザーブルゾンのポケットからデジタルカメラを取り出した。

　更級は少し後ろに退がった。悠子が前に出て、死体の顔にデジタルカメラのレンズを向けた。三度シャッターを切り、彼女はデジタルカメラをポケットに収めた。

「おれは、ちょっと周《まわ》りを見てくる。男の仲間がどこかに潜んでるかもしれないんでな」

「わたしも行くわ」

「それじゃ、おれの後ろにいてくれ」

　更級は先に歩き出した。数歩あとから、悠子が従《つ》いてくる。

「スキンヘッドの男、どこにもいないな」

更級は歩きながら、囁き声で悠子に言った。

「あいつ、きっとひとりで逃げちゃったのよ」

「だいぶ痛めつけたようだな」

「かなり手加減したつもりなんだけどね」

悠子が照れた声で言った。

プリウスのだいぶ先に、フォードのステーションワゴンが駐まっていた。無灯火だった。二人は警戒しながら、その車に近寄った。

あたりに人影は見当たらない。車内も無人だった。ただ、エンジンはかかっていた。

さっきのフィリピン人が乗っていた車のようだ。

更級はドアを開けた。助手席の上に、トランシーバーが転がっていた。かすかにタガログ語が洩れてくる。この近くに、死んだ男の仲間がいるようだ。

更級は静かにドアを閉めた。

悠子がワゴン車の後ろに屈み込んでいた。更級は悠子に近づき、小声で訊いた。

「何をしてるんだ？」

「バンパーの下にGPSをセットしてるのよ」

「きみの車には、車輌追跡装置が積んであるのか⁉」

「あら、気がつかなかった？　小型だけど、とっても性能がいいの」

「驚いたな。まるでスパイもどきじゃないか」

「本部には、もっと便利なものがいっぱいあるわ。チーフが見せてくれなかった？」

「おれは銃器類を見せてもらっただけだよ」

「そうなの」

「この車にＧＰＳを取りつけたのは、なぜなんだ？」

「さっき短剣で喉を突いた男の仲間が、きっと近くにいると思うの。この車を置きざりにしていくとは思えないから、ＧＰＳをセットしておけば、尾行できるでしょ？」

「なるほど」

「準備完了よ」

悠子が立ち上がって、にっこり笑った。

これでは、こちらがアシスタントだ。更級は自嘲した。

「多分、どこかに隠れてる仲間が死んだ男をこの車に運び入れて、死体をアジトに持ち帰ると思うの」

「考えられるな」

「そうなれば、後は敵の行き先を電波受信レーダーが教えてくれるわ。わたし、何度かこの手を使ったことがあるから、安心してて」

「頼りにしてるよ」

「敵の車が動き出したら、無線であなたに連絡するわ」

「わかった。それじゃ、おれたちの車を目立たない場所に移動させよう」

「そうね」

二人は逆戻りし、おのおの車に乗り込んだ。

更級はスカイラインのイグニッションキーを回した。エンジンが重々しく吼《ほ》えはじめた。

ヘッドライトを灯すと、光が路上の死体を浮かび上がらせた。路面には、血溜まりができていた。敵ながら、あっぱれだった。自害した男は筋金入りの軍人だったのだろう。

更級は車を発進させた。

すぐに脇道に入る。更級は数百メートル走り、雑木林の横に車を停止させた。悠子の車が脇を抜けて、七、八十メートル先に停まる。

生駒に経過報告しておくか。

更級は、特殊スマートフォンを手に取った。コールサインを鳴らしてみたが、先方の受話器は外れない。どうやら生駒は、車の外にいるようだ。

熊井が誰かと会っているのか。もう少ししたら、また掛けてみることにした。

更級はスマートフォンを助手席に置いて、マールボロをくわえた。かなりのヘビースモーカーだった。日に七、八十本は喫う。

更級は煙草に火を点け、シートに深く凭《もた》れかかった。

# 第四章　裂けた陰謀

## 1

「ステーションワゴンが動きはじめたわ」

無線機から、悠子の声が流れてきた。

更級は短く応答して、五本目の煙草の火を消した。喉が少々、いがらっぽい。煙草の喫《す》いすぎだろう。

プリウスが走りだした。

更級もスカイラインを発進させた。しばらく走ると、広い通りに出た。十三号線だった。

「敵の車が見えてきたわよ。ワゴン車の前に、茶色のポンティアックが走ってるわ。多分、仲間よ」

ふたたび悠子の声が響いてきた。

「人間の数は?」

「ポンティアックに三人、ワゴン車にひとり乗ってるわ。四人のうち二人は、日本人じゃないみたいよ」

「そうか。奴らに気づかれないよう注意してくれ」

更級は交信を中断させた。

ポンティアックとステーションワゴンは岩槻《いわつき》ICまで北上し、東北自動車道の下り線に入った。更級は車を走らせつづけた。

悠子の車は六、七十メートル先を疾走している。安定した走りだった。フットブレーキは一度も踏んでいない。運転テクニックは、はるかに自分より上だ。

更級は素直に認めた。妙な引け目は感じなかった。

特殊スマートフォンが軽やかな電子音を奏ではじめたのは、ちょうど蓮田サービスエリアを通過したときだった。受話器を取ると、生駒の声がした。

「いま熊井が銀座の高級クラブで、仁友《じんゆう》連合会羽根木一家の石橋《いしばし》総長と会ってるんだ。何かありそうだよ」

「こっちも、ちょっとしたことがあったんだ」

更級はそう前置きして、経過を伝えた。

「やっぱり、有馬理事長がソムチャイたち七人をどこかに連れ込んだのか」

「そう。しかし、本当の理事長の名前は聞き出せなかった。そいつが残念でな」

「そのうち、わかるだろう。それより、なんとかアジトを突き止めてくれないか」

「まかせてくれ」

「更級さん、ソムチャイたちは敵のアジトに監禁されてるんじゃないだろうか。なんとなくそんな気がしてきたんだ」

「監禁されてるだけなら、まだ救いようもあるんだが……」

「もう殺されてる？」

「何人かは、もうこの世にいないような気がするんだ。ただの勘だがね」

「そうなのかもしれないな。もし応援が必要になったら、いつでも言ってくれないか。すぐに野尻や芳賀を回すよ」

生駒が先に電話を切った。

更級は特殊スマートフォンを所定の場所に戻し、カーラジオのスイッチを入れた。流れてきたのは、お笑いタレントのＤＪ番組だった。

選局ボタンを押すと、ニュースが聴こえてきた。

「……海上保安庁の調べによると、この漁船の船艙《せんそう》には二重の仕掛けがあり、逮捕された五人の男は下部の小部屋に隠れて密入国した模様です」

男性アナウンサーは言葉を切って、すぐにつづけた。

「この五人はいずれもインドネシアのパスポートを所持していましたが、どれも偽造した物でした。この海域は台湾に近いことから、密航船や密輸船の摘発が絶えません」

ふたたびアナウンサーが間《ま》を取り、詳報を伝えはじめた。

例の暗殺集団の連中も、漁船か貨物船で密入国したにちがいない。だから、入管の入国者リストに載っていなかったのだろう。更級は確信を深めた。

それから間もなく、無線機の受信ランプが灯った。ラジオのスイッチを切り、更級は耳をそばだてた。

「わたしよ。どうやらロングドライブになりそうね」

悠子がうんざりした口調で言った。

「退屈だからって、居眠りするなよ」

「うふふ。ねえ、何かチーフから連絡は？」

「ついさっき、電話があったよ。熊井が広域暴力団の親分と銀座で会ってるそうだ」

更級は詳しい話をした。

「あの秘書、やっと尻尾を出したわね」

「そうだな」

「羽根木一家の石橋総長は、確か若いころに織部典生の書生みたいなことをしてた男よ」

「やっぱり、そうか。おそらく熊井は織部の命令で、石橋に何かやらせてるんだろう」

「ね、石橋総長がフィリピン人のテロリストたちの面倒を見てるんじゃない？」

「そうなのかもしれないな」

「ホセって、何者だと思う？　わたしは、ただの殺し屋の親玉じゃないような気がしてるんだけど」

「おれは、将官クラスの退役軍人じゃないかと考えてるんだ」

「ええ、そうなのかもしれないわね。更級さん、これまでの事実を繋ぎ合わせてみると、どういうことになるのかな？」

「ホセたち一味を雇ったのは、織部と見て間違いないだろう」

「ええ。織部自身はまだ表面に出てこないけど、秘書の熊井の動きを見れば……」

「織部のことだから、自分の手は決して直《じか》には汚してないだろう。運悪く苦境に立たされたら、奴は熊井を矢面《やおもて》に立たせる気でいるにちがいない」

「そうでしょうね」

「いつも織部はそうやって、自分に降りかかる火の粉を振り払ってきたんじゃないか」

「織部は、いったいどれだけの人間を利用してきたんだろう？」

「数えきれないんじゃないのか。確かに織部は悪党だが、おれは奴の背後にいる人物にも怒りを覚える」

「わたしも同じ気持ちよ」

「闇の奥に潜んでいる怪物をいまに必ず燻《いぶ》り出してやる」

更級は交信を打ち切った。

いつか車は、宇都宮ICを通り過ぎていた。ポンティアックとワゴン車はさらに北上し、那須ICで降りた。すぐに二台の車は那須街道に入り、高原に向かった。

敵のアジトは、どうやら那須高原のどこかにあるらしい。更級は、そう思った。

敵の車は数十分走り、黒尾谷岳の麓《ふもと》で停まった。

大きな山荘の前だった。山荘の周囲には、何も建物がない。あたり一面、うっそうとした自然林だった。

「車をどこかに隠して、山荘まで歩いたほうがいいんじゃない?」

無線機から、悠子の小さな声が洩れてきた。

更級は低く応答し、スカイラインを後退させはじめた。悠子の車もバックしてくる。

二人は車を脇道の奥に駐《と》め、折った小枝でボディーを覆い隠した。更級はグロック32をベルトの下に挟んでいる。

外気は凍《い》てついていた。

吐く息が白い。頭上には、レモン色の星が輝いている。樹々のざわめきが高い。葉擦《ず》れの音は、まるで潮騒《しおさい》のようだ。

「真っ正面から山荘に踏み込むのは、ちょっと危険だわね」

「ちょっとどころじゃない。奴らは並の犯罪者じゃないんだ。こっちから接近しよう」

更級は悠子の手首を取った。

二人は山林の中に入った。少し進んでは、立ち止まる。灌木を掻き分ける音は、思いのほか高く響いた。

更級と悠子は慎重に歩いた。

数分経つと、山荘が見えてきた。広い前庭に、ポンティアックとステーションワゴンが並んで駐《と》まっている。

その近くに、七、八人の男が立っていた。

三人は日本人のようだ。ひと目で筋者とわかる。羽根木一家の者だろう。残りの男たちは肌が浅黒く、鼻が丸っこい。ホセの部下と思われる。

フィリピン人らしい男たちが、ワゴン車の後部座席から二つの塊《かたまり》を引きずり下ろした。有馬と自害したフィリピン人の死体だった。

男たちは庭の隅に穴を掘り、二つの死体を投げ込んだ。暴力団員ふうの三人がそれを見届けてから、山荘の中に消えた。三人はスコップに触れようともしなかった。

山荘は総二階だった。

ちょっとした保養所といった趣《おもむき》だ。建物は高床式で、回廊風の広いバルコニーが洒落《しゃれ》ている。表札の類はどこにも見当たらなかった。

男たちが死体に土を掛け終えた。

十字を切る者はいなかった。あどけなさを留《とど》めた若い男が、二台の車から狙撃銃を二挺掴み出した。男たちは建物の中に引っ込んだ。

山荘の窓は、あらかた明るかった。

しかし、カーテンで遮られ、室内の様子はわからない。ただ、建物の中にはかなりの人数の人間がいる気配が伝わってくる。

「ここで、しばらく時間を稼ごう」

更級は言った。悠子が無言でうなずく。

三十分あまり過ぎると、急に風が強まってきた。木立《こだち》のざわめきが一段と高くなった。

「いいタイミングで風が強くなってきたな。これなら、樹々のざわめきが完全におれたちの足音を掻き消してくれるだろう」

「そうね。もっと山荘に接近してみる？」

「ああ。それで何とかチャンスをみて、家の中に忍び込もう。ひょっとしたら、ソムチャイたちが監禁されてるかもしれないからな。行こう！」

更級は悠子を促《うなが》し、先に歩きはじめた。

二人は繁み伝いに進み、山荘の裏側に回った。煖炉《だんろ》用の薪《まき》が積み上げられている。落葉が厚く折り重なっていた。

「あそこから入る?」

悠子が浴室のサッシ窓を指さした。

「ガラスを割るのは、あまり感心しないな」

「わたしが玄関先で、故意に物音をたてるわ。その隙に建物の中に忍び込んで」

「いや、そいつは危険すぎるな。どこかに、うまい侵入口があるかもしれないぞ。ちょっと探してみよう」

更級は建物に沿って、静かに歩《ほ》を進めた。悠子が従《つ》いてくる。

二人は北側に回り、バルコニーの下に潜り込んだ。

少し行くと、高いコンクリート土台の一カ所に観音開きの扉が設けられていた。木製の扉だった。地下倉庫の出入口らしい。いかにも頑丈そうな南京錠が掛かっている。

「ここも無理そうだな」

更級は歩きだそうとした。

「待って!　この錠なら、きっと開けられるわ」

「どうやって開けるんだ?」

「これを使うのよ」

悠子が髪からヘアピンを抜き、それをまっすぐに伸ばした。それから彼女は、先端を奇妙な形に捩曲げた。

「手許を照らしてやろう」

更級はレザーブルゾンのポケットからライターを抓《つま》み出し、すぐに点火させた。それで、南京錠のあたりを照らす。

悠子がヘアピンの先端を鍵穴に挿《さ》し込んだ。

幾度か指先を小さく動かすと、かすかな金属音がした。更級は小声で話しかけた。

「たいしたもんだ。そんなこと、どこで覚えたんだ？」

「野尻ちゃんが教えてくれたの。でも、この技術を悪用したことはまだ一度もないわよ」

悠子が鍵を解いた。

更級は扉を片側だけ開け、先に地下倉庫に入った。悠子が後につづき、扉をぴたりと閉ざす。

更級はライターの炎を高く翳《かざ》した。灯油のタンク、自転車、脚立《きゃたつ》などが雑然と置かれている。左手に梯子段《はしごだん》があった。

「あそこから、一階のフロアに出られるようだな」

「そうみたいね」

「きみは、ここにいてくれ。ちょっと様子を見てくる」

更級は慎重に進んだ。地下倉庫は湿っぽく、黴臭《かび》かった。

梯子段にたどり着いた。

二段ほど昇って、更級はハッチに耳を近づけた。物音はしなかった。ハッチをそっと押し上げる。頭の上は、廊下だった。電灯は点《つ》いていたが、人の姿はない。

更級はライターの火を消した。

ライターは、だいぶ熱を帯びていた。それをブルゾンのポケットに落とし込む。すぐに腰の自動拳銃を引き抜き、梯子段を素早く上がった。ハッチを閉ざし、廊下を歩きはじめる。

更級はラバソールのアウトドア・シューズを履《は》いていた。足音は、それほど気にすることはなかった。

廊下はL字形に延びていた。角を曲がると、二十六、七歳の小太りの男が目に入った。日本人だった。男はドアの前に立っていた。木刀を握りしめている。

見張り番だろう。あの部屋にソムチャイたちが監禁されているようだ。

更級は、妙案を思いついた。

ポケットからライターを抓《つま》み出し、壁にへばりつく。更級はすぐにライターを廊下に滑らせた。擦過音《さっかおん》で、男が振り向いた。

更級は顔を引っ込め、息を殺した。

足音が近づいてくる。更級は、いつでも躍り出せる体勢を整えた。男の横顔が視界を掠《かす》めた。更級は跳躍した。

男が立ち竦んだ。更級は相手の向こう臑《ずね》を蹴り込んで、銃口を側頭部に押し当てた。

「声をあげたら、ぶっ放すぞ」

「てめえ、誰なんだっ」

「ソムチャイたちは、あそこだなっ」

更級は、男が見張っていた部屋を振り返った。男が少し迷ってから、小さくうなずいた。

「歩け!」

更級は木刀を奪い取って、男の向きを変えた。

男が歩きはじめた。どうやら観念したらしい。

部屋の前に達した。更級は、男にドアを開けさせた。鍵は掛かっていなかった。更級は男を部屋に押し込んだ。男は抗《あらが》わなかった。

更級は後ろ手にドアを閉めると同時に、男の頭頂部をグロック32の銃把《グリップ》で殴打した。

頭皮の裂ける音が耳に届いた。

男は喉の奥で呻き、膝から崩れた。

いったん両膝を床につき、前のめりに倒れ込んだ。男はベルトの下に、白鞘《しらさや》を挟んでいた。更級は、それを抜き取った。自分の腰に移す。

更級は部屋を見回した。十畳ほどの洋間だった。

二段ベッドが三つあった。ベッドの上には、虚《うつ》ろな表情の若者たちが横たわっている。四人だった。明らかに、日本人ではない。

更級を見ても、彼らは起き上がろうとしなかった。事態がよく呑み込めないようだ。

「ソムチャイ君はどこだ？」

「彼はいない。どこかに連れて行かれた」

手前のベッドにいる痩せた男が物憂《ものう》げに答え、緩慢な動作で半身を起こした。髪が汚れでべとつき、目は落ち窪んでいる。顔色もすぐれない。

「きみらはみんな、池袋の『セントラル日本語学校』の就学生だな？」

更級は、痩せた男に確かめた。

「そうです。あなたは？」

「きみらを助けにきたんだ」

「警察の人ですね？」

「いや、そうじゃない。しかし、おれを信用してもらいたい」

「わかりました」

相手の顔から、警戒の色が消えた。

「就学生は七人いるんじゃないのか？」

「最初は七人でした。でも、途中で、ソムチャイ、劉国鋒さん、ムジブル君の三人はどこかに連れて行かれたんです。それっきり戻ってきませんでした」

「きみは？」

「バンヤットです。タイから来ました。ほかの三人はマレーシアのラザク君とダトー君、それからシンガポールのリー君です」

「そうか。みんな、早く起きるんだ」

更級は急《せ》かした。バンヤットがベッドから滑り降りた。薄汚れたセーターを着ていた。下はジーンズだった。

「きみらも急げ。みんなで、ここから脱出するんだ」

更級はラザクたち三人を急きたてた。

三人は弾《はじ》かれたように、ベッドから離れた。四人とも足の運びが心許ない。ろくに食べ物を与えられていなかったようだ。

更級は、頭を抱えて唸っている男に問いかけた。

「おい、ソムチャイたち三人はどこにいるんだ？」

「もう三人とも死んでるよ」

男が答えた。

更級は胸の裡《うち》が翳《かげ》るのを感じた。脳裏に、日下恵の顔が浮かんで消えた。

「三人を殺《や》ったのは、おれじゃねえよ。客分たちが……」

「客分って、フィリピン人たちのことだなっ」

「そうだよ。兄貴の命令で、奴らがソムチャイたちを殺《や》ったんだ。あの三人は逆らってばかりいたから、仕方なかったんだよ」

「兄貴って誰のことだ？」

「組の幹部の小峰《こみね》さんのことさ」

「ここにいるのか？」

「いや、ここにはいねえよ」

「ホセはどこにいる？」

「ここにゃ、そんな野郎はいねえ。フィリピン人が十人ぐらいいるけど、ホセなんて奴は……」

「立て！」

「おれをどうする気なんだ⁉」

「おまえを楯《たて》にして逃げるんだよ。早く起き上がれ！」

「くそっ」

男がのろのろと立ち上がった。頭は血塗《まみ》れだった。

「四人とも、おれの後に従いてくるんだ」

更級は男を拳銃で威嚇しながら、バンヤットに木刀を渡した。

バンヤットが男の顔面に唾《つば》を飛ばした。男が逆上しかけると、バンヤットは木刀を振り翳《かざ》した。男は舌打ちして、手の甲で自分の頬を拭った。

二人のマレーシア人と中国系のシンガポール人が、バンヤットの背に張りついた。

「それじゃ、行くぞ」

更級は人質の男を先頭に立たせて、すぐ部屋を出た。

廊下には誰もいなかった。更級は男の背を押し、死角に入り込んだ。あたりの様子をうかがいながら、就学生の四人をひとりずつ手招きする。

ハッチのある場所まで、やけに遠く感じられた。

更級はバンヤットたち四人を先に地下倉庫に逃がし、人質とともに梯子段を下《くだ》り降りた。悠子が待ちうけていた。更級は手短に事情を説明した。

「この四人は引き受けたわ」

悠子がそう言い、バンヤットたちを表に連れ出した。就学生たちは靴下を履《は》いているだけだった。

「もういいじゃねえか。ここで放してくれよ」

「おれたちが逃げきるまでつき合ってもらう。さ、歩け！」

更級は男を引ったてながら、急いで地下倉庫を出た。

悠子たち五人は、すでに近くの繁みの中にいた。

「あんたらのことは誰にも言わねえよ。だから、もう勘弁してくれ。頼む！」

男が拝む恰好《かっこう》をした。更級はそれを無視して、男を藪の中に押し入れた。

「だ、誰か来てくれーっ」

いくらも歩かないうちに、男が大声で救いを求めた。

更級は男を引き倒して、その口を手で封じた。男が苦しがって、全身でもがく。

山荘のガラス戸が勢いよく開いた。

とっさに更級は身を伏せた。だが、悠子たち五人は林の中を走っている。その足音は当然、敵の耳にも届いているだろう。

仕方がない。更級は拳銃のグリップで、男の顔面を打ち据えた。骨と肉が鈍く鳴った。

男が悲鳴をあげた。女のように高い声だった。

「そこにいるのは誰だっ」

山荘の窓から、鋭い声が飛んできた。

かまわず更級は走りだした。悠子たちを追う。

少し経つと、山荘から数人の男が飛び出してきた。ライフルや日本刀を手にしていた。追っ手の怒号と荒々しい足音が林の中にこだました。更級は駆けた。造作なく五人に追いついた。

「敵に気づかれた。ひとまず林の奥に逃げ込もう」

更級は走りながら、悠子に言った。

「固まって逃げると、目につくわね」

「ふた手に分かれよう」

「オーケー」

悠子が二人のマレーシア人を誘導しはじめた。

更級はバンヤットとリーを庇《かば》いながら、林の中を進んだ。灌木が多い。まっすぐには走れなかった。

数分後、追っ手の罵声が聞こえた。

更級は駆けながら、時々、振り返った。サイレンサー付きの自動小銃が、あちこちで小さな炎を吐いた。放たれた銃弾が小枝や樹葉を弾き飛ばす。銃声が聞こえないだけに、かえって無気味だった。撃ち返したら、敵に居場所を教えることになる。

更級は反撃できなかった。

ひたすら逃げるほかない。がむしゃらに走る。

数分経ったころ、前方を走っていた悠子たち三人が急に立ち止まった。就学生のどちらかが、足に怪我でもしたのだろうか。

更級はバンヤットたちを急がせた。

やがて、悠子たちに追いついた。二人のマレーシア人は全身で喘《あえ》いでいた。肩の弾みが大きい。彼らの呼吸音は鞴《ふいご》のようだった。

「誰かが怪我をしたのか？」

更級は悠子に声をかけた。

「そうじゃないの。この人たちの体力じゃ、とても逃げきれないと思ったのよ」

「二人とも完全にへばってるな」

「ええ、もう限界みたい。どこかに隠れて、じっとしてたほうが安全なんじゃない？」

「そうするか」

「あそこなんか、どうかな？」

悠子が、こんもりとした針葉樹林を指《さ》し示した。

更級はうなずいた。すぐに二人は、四人の就学生を導いた。六人は暗がりにうずくまって、身じろぎしなかった。どこかで、地虫が鳴いていた。

しばらくしてから、風に乗って追っ手の声が運ばれてきた。繁みや下草を踏みしだく音も聞こえる。意外に近い場所にいるらしい。

バンヤットたちが落ち着きを失った。四人は顔を見交わし、不安の色を濃くした。

「落ち着け！　じっとしてるんだ。逃げるより、そのほうが安全だよ」

更級は四人に低い声で言った。就学生たちが怯《おび》えた表情で、さらに姿勢を低くする。

敵の足音が近づいてきた。

複数だった。霧の切れ目に、不意に人影が現われた。それほど遠くではなかった。

恐怖に耐えられなくなった就学生のひとりが、急に立ち上がった。

バンヤットだった。彼は木刀を投げ捨て、やみくもに走りだした。残りの三人がパニックに陥り、バンヤットを追った。

「走るな。地に伏せるんだっ」

更級は叫んだ。

しかし、無駄だった。四人は足音を高く響かせながら、暗がりの向こうに駆けていった。前方の闇で、銃火が点滅した。

四つの影が次々に倒れた。それきり誰も起き上がらない。

更級はグロック32を吼《ほ》えさせた。

ためらいはなかった。一拍置いて、悠子の拳銃も銃口炎《マズル・フラッシュ》を噴《ふ》いた。二人は撃っては横に走り、また撃った。

暗がりの奥で、二つの悲鳴が重なった。すぐに人の倒れる音が響いてきた。

「きみはバンヤットたちの様子を見てきてくれ」

更級は悠子に言い、前方の暗がりに走り入った。

樫と赤松の間に、二人の男が倒れていた。どちらも微動だにしない。フィリピン人のようだ。手前の死体のそばに、消音器付きの短機関銃《サブマシンガン》が落ちていた。

更級は、それを拾い上げた。UZI《ウージー》だった。イスラエル製のサブマシンガンだ。

銃の中央部から細長い弾倉を抜く。まだ十数発、残っていた。

更級は自分の拳銃をベルトの下に戻し、両手でUZIを持った。ばかでかい消音器が重くて、片手では支えきれなかったのだ。

更級は、元いた場所に駆け戻った。すぐに悠子が走り寄ってきた。

「バンヤットたちはどうした？」

「四人とも死んでしまったわ」

「そうか。追っ手の二人も死んでた」

「その短機関銃は戦利品ね？」

「ああ。これがあれば、少しは心強い。虚を衝《つ》いて、山荘に攻め込もう」

更級は走りはじめた。

悠子が追ってくる。かなり走っても、敵の姿は見当たらない。追っ手は、山荘に引き返したらしかった。

「あっ、山荘が燃えてるわ」

悠子が駆けながら、声をあげた。

更級は視線を延ばした。樹間に赤いものが見える。炎だった。

「奴ら、山荘に火を放って逃げたようだ」

「そうみたいね。更級さん、急ぎましょう」

「ああ」

二人は、繁みの中を野生動物のように駆けた。灌木の小枝や草を踏み倒しながら、ひた走りに駆けた。

数分で、山荘の裏手に出た。

建物は大きな炎に包まれていた。人っ子ひとりいない。更級たちは山荘の前に回った。やはり、車も消えていた。

「まだ遠くには行ってないはずだ。奴らを追いかけよう」

「了解！」

二人は道に走り出た。脇道まで一気に駆け降り、それぞれ車に乗り込んだ。

更級がスカイラインのエンジンをかけたとき、無線機から悠子の声が洩れてきた。

「敵の車は、まだ数キロ先にいるわ」

「先導してくれ」

「オーケー」

無線が沈黙した。

プリウスが先に発進する。更級は悠子の車を追った。

十数分走ると、那須山麓道路に出た。南下して、那須塩原市に入る。板室街道に入って間もなく、プリウスは右に折れた。山道だった。舗装されていなかった。揺れが激しい。

「敵の車が一キロほど先で停まったわ」

悠子が無線で伝えてきた。

「このあたりには民家も別荘もない。電波受信機のレーダー、狂ってるんじゃないのか？」

「ご心配なく。レーダーは正確に作動してるわ」

「もしかしたら、敵はおれたちを誘い込む気なのかもしれないぞ。少し気をつけよう」

「そうね」

交信が切れた。

数百メートル行くと、急に道幅が広くなった。道の端にはドルフィンカラーのＢＭＷが駐《と》まっている。その先の道路は、きれいに舗装されていた。

この先に、工場か研究所ができたのか。

　更級はそう思いながら、車を走らせた。

　しばらく走ると、視界が不意に展《ひら》けた。広い平坦な敷地がつづき、その中央のあたりに巨大な白い観音像が建っている。観世音菩薩《かんぜおんぼさつ》だった。高さは優に三十メートルはある。

　その右手に、三階建ての鉄筋コンクリート造りの建物があった。いくつかの窓から、電灯の光が洩れている。

　更級は無線機のマイクを口に寄せた。

「この先に道はないようだから、敵はあの建物の中にいるにちがいない」

「ええ。いま、暗視望遠鏡《ノクト・スコープ》を覗いてみたの。そうしたら、建物のそばにポンティアックとステーションワゴンが駐車されてたわ」

「そうか」

「以前から巨大仏像の建立《こんりゅう》がブームになってるけど、こんな山の中に観音像が建ってるなんて、なんか信じられないわ」

「そうだな」

「誰があんなものを建てたのかな。織部かしら？　それとも、羽根木一家の総長あたりが建立したんだろうか」

「誰が建てたにしろ、どうせ税金逃れの建立さ。宗教法人には税金がかからないからな」

「ええ、そうね。ところで、すぐに侵入する？」

「敵がどこかで待ち伏せしてるかもしれないぞ。ここで、少し様子を見よう」

更級は小型マイクを無線機のフックに掛け、すぐにヘッドライトを消した。エンジンも切る。悠子が更級に倣《なら》った。漆黒の闇が訪れた。

更級は暗がりを凝視した。

## 2

息を詰めて、十分あまり待った。だが、怪しい人影は忍び寄ってこない。

待った。

更級はUZI《ウージー》を摑んで、静かに車を降りた。

悠子がプリウスの運転席から出る。筒状の物を手にしていた。暗視望遠鏡《ノクト・スコープ》だった。

「身を隠しながら、敵のアジトに近づこう」

更級は気持ちを引き締め、林の中に駆け込んだ。

数メートル後から、悠子が小走りに従《つ》いてくる。二人は道路に並行しながら、山林の中を進んだ。

かなり歩くと、不意に林が途切れた。その先は、もう敵のアジトだった。二人は立ち止まった。悠子が暗視望遠鏡《ノクト・スコープ》を右目に当てた。

「金網に妙な仕掛けは？」

更級は問いかけた。

「フェンスの上の部分にワイヤーのような物が見えるから、多分、高圧電流が通るようになってるんだと思うわ」

「それじゃ、フェンスをよじ登るのはやめよう。門はどうだ？」

「扉は固く閉ざされてるけど、おかしな電線は張り巡らされてないわ」

「なら、門扉《もんぴ》を乗り越えるか」

「そうね。あっ、看板が見えるわ。『善愛会』教団本部って書いてあるわよ」

「教団主の名は？」

「それは出てないわ。でも、教団主は本部のコンピューターで調べれば、きっとわかるわ。国内の宗教団体がすべてインプットされてるの」

「そうか」

「更級さん、本部に応援を頼んだほうがいいんじゃない？　敵は人数も多いし、武装してるのよ。ここは大事をとりましょう？」

「処刑人としてはきみのほうが先輩なんだから、忠告に従うか」

「突っかかるような言い方ね」

「そいつは誤解だよ。そうと決まったら、早く生駒の旦那に連絡しよう」

「そうね」

二人は車に駆け戻った。

更級はスカイラインに入ると、すぐ生駒に電話をかけた。

「連絡を待ってたんだ。敵のアジトを突きとめてくれた？」

生駒が早口で訊いた。更級はこれまでの経過をかいつまんで話し、助っ人の要請をした。

「芳賀と野尻に連絡して、そちらに向かわせるよ」

「ああ、頼む。そっちのほうは、その後どうなった？」

「熊井は石橋総長と別れた後、なんとジュリアンの店に行ったんだよ。こんなことになるんだったら、ジュリアンを出勤させるんだった」

「で、熊井はいまもジュリアンの店にいるのか？」

「さっき河岸を変えて、いまは四谷のスナックで飲んでる。おれは、もう少し奴を尾《つ》けてみるよ」

「わかった。なるべく野尻たちに早く来るよう言っといてくれ」

更級はいったん通話終了ボタンを押し、今度は『牙』の本部に電話をした。少し待つと、植草老人の声が響いてきた。

「わしや」

「更級です」

「おう、きみか。だいぶ前に生駒君から、きみらの動きを報告してもろうたんやが、どやった？」

「それが……」

更級は経過報告した。

「そうか、就学生たちは気の毒やったな」

「ええ。こっちがもう少しうまくやってれば、彼らを死なせずに済んだでしょう」

「早く忘れることや。バンヤット君たちは運がなかったんや。そう思わんことには、前に進めんで」

「そうですね。それはそうと、さっき話した『善愛会』のことを検索してもらえますか？」

「すぐ調べてみるさかい、このまま待っとってや」

ボスの声が遠ざかった。

更級はマールボロに火を点けた。短くなった煙草を灰皿の中で捻り潰《つぶ》したとき、植草の声が流れてきた。

「えろう待たせたな。『善愛会』の教団主は織部典生やったわ。文化庁の宗教課のリストに先月から記載されとる」

「やっぱり、織部でしたか。なんとなくそんな気がしてたんですよ」

「そうか。あの怪物がまともな信仰心から、新興宗教団体をこしらえたとは思えへん。どうせ宗教法人の特典を使《つこ》うて、税金をごまかす気なんやろ」

「おれには、ただの節税対策とは思えないんですよ」

「どういうこっちゃ？」

「織部は巨大観音像建立を名目に、あちこちから寄附金を強制的に集めたんじゃないでしょうか？」

　更級は言った。

「早く言えば、強請《ゆすり》を働いたってことやな」

「ええ、そうです」

「なるほど、考えられんことやないな。そうして掻き集めた金で、フィリピン人の殺し屋どもを雇ったんやないか。きみは、そう推理したんやろう？」

「そうです」

「寄附者の顔ぶれを情報収集班のスタッフに調べさせてみるわ。ほな、また後でな」

　ボスが先に電話を切った。

その直後、運転席のパワーウインドーが軽くノックされた。すぐそばに悠子が立っていた。

更級はドアを開け、悠子に伝えた。

「野尻と芳賀がこっちに来てくれることになったよ」

「あの二人なら、頼りになるわ。今度こそ、敵の一味を押さえましょう」

「ああ。それから、『善愛会』の教団主は織部だったよ。ボスに調べてもらったんだ」

「織部の狙いは、税金逃れだけなのかしら？」

「それだけじゃないと思うよ」

更級は、さきほどボスに喋った推測をふたたび口にした。話し終えると、悠子が言った。

「そう考えると、話が繋がってくるわね。さすがは元エリート検事さんだわ」

「からかわないでくれ。まだ確証のある話じゃない。ただの推測だよ。外れてるかもしれない」

「多分、大きくは外れてないでしょう」

「助っ人が来るまで少し仮眠をとっておこう」

更級は、わざと話の腰を折った。妙な誉《ほ》め方をされて、ひどく面映《おもはゆ》かったのだ。

シートを倒し、瞼を閉じる。体は疲れていたが、眠気はいっこうに訪れなかった。

織部は、いったい何をやる気なのか。わざわざフィリピンの殺し屋《プロ》たちを雇ったのは、なぜなのだろうか。暗殺者が日本人だと、足がつきやすいと考えたのか。単に捜査の目を逸《そ》らすだけとは思えない。

ぼんやりと自問自答していると、特殊スマートフォンが鳴った。

更級は寝そべったままの姿勢で、スマートフォンを耳に当てた。

「わしや。寄附金をたかられた連中がわかったで」

「ずいぶん早かったですね」

更級は上半身を起こした。

「ええスタッフが揃ってるからな。与太はさておき、本題に入るで」

「どうぞ」

「織部に目をつけられたんは、どないもならん悪党ばっかしや。ペーパー商法であくどい儲け方をした奴や底地買いでええ思いをした地上げ屋、えーと、それから株の仕手戦屋、悪徳弁護士なんかやな。いちばんの大口は三億や」

「そうして集めた寄附金を何かいいことに役立てれば、織部もちょっとした義賊なんですがね」

「ほんまやな。けど、大悪党が小悪党の弱みを握って、強請《ゆす》るだけや。逆立ちしたかて、義賊にはなれへんわ」

植草が言った。

「そうですね。それはそうと、寄附金の総額はわかりますか？」

「ああ、わかるで。三十七億円や。もっともこれは表面に出てる数字やから、実際にはもっと多いやろな」

「でしょうね」

「弱みを押さえられた連中は今後も怪しげな教団の信者として、半ば永久的に無心されるんとちゃうか」

「ええ、おそらくね。織部は寄附金の取り立てに羽根木一家の組員たちを使ったんじゃないでしょうか」

「おおかた、そうなんやろ。織部はもちろん、秘書の熊井かて、のこのこ寄附金を集めには行かんやろからな」

「そうでしょうね」

「それからな、石橋総長の不動産を調べさせたんやけど、奴は那須高原に別荘を持っとるで」

「それじゃ、さっきの山荘は石橋のセカンドハウスだったんだな」

更級は呟いた。

「そう考えて間違いないやろう」

「これで、陰謀の構図がうっすらと見えてきましたね」

「そうやな。それから更級君、これはついさっき入手した情報なんやけど、先月、織部の秘書が二度もハワイに行ってるそうや」

「熊井がハワイに二度も……」

「ああ、そうや。熊井は二度目には、ハワイ在住のフィリピン人実業家の邸《やしき》に泊まってるねん」

「その実業家の名前は？」

「九十六歳のグロリオ・ディオクノや」

「そのディオクノは、死んだマルコス元大統領の政商と呼ばれてた男じゃありませんか？」

「その通りや。ディオクノはいまも本国の島々にコーヒーのプランテーションを持ち、ハワイやアメリカ本土にたくさんのホテルやインテリジェントビルを所有してるねん」

「確かディオクノはアキノ政権が樹立されると、すぐにマニラを離れたんでしたよね？」

「そうや。あれは、一九八六年二月のことやったと思うわ。ディオクノは前大統領を追うようにして、ハワイに渡ったんや」

　植草がいったん言葉を切り、すぐに言い継いだ。

「けど、ディオクノは、ただ逃げ出したんやない。きみはアキノ政権になってから、フィリピン人民党ができたことを憶《おぼ》えとるか？」

「ええ、よく憶えてます。フィリピン共産党の幹部たち政治犯が釈放されたことがきっかけで、人民党が結成されたんでしたよね？」

「そうや。けど、その初代議長は何者かに暗殺されてもうた。その殺し屋を雇ったんがディオクノやいう噂があるんや」

「極右の大資本家としては、左翼政党の存在さえ許せなかったのかもしれないな」

「多分、そうやったんやろう。それから、その翌年の夏やったかな、クーデター未遂事件が発生したやろ？」

「ええ、まだ記憶に残っていますよ。国軍改革派の何とかって大佐が千人近い部下を指揮して、反乱を起こしたんでしたね？」

「そうや。反乱軍はマラカニアン宮殿をはじめ、空軍基地やテレビ局を占拠しおった。けど、当時のアキノ大統領の強硬な措置で、たった半日で鎮圧されたはずや」

「ええ、そうでしたね。ディオクノは、あの事件にも絡んでたんですか？」

「真偽の確かめようはないけど、シナリオを書いたんはディオクノだと言われてるねん」

「そうですか」

「クーデター未遂騒ぎの数カ月前にも、ディオクノは旧マルコス派の兵士を煽《あお》って、陸軍司令部を襲撃させたり、民間テレビ局を占拠させたりしたという噂もあったんや」

「そっちのほうは、なんかクーデターの予行演習って感じでしたね」

「おそらく、そのつもりやったんやろう」

「ところで、織部典生とディオクノの接点は？」

更級は訊いた。

「織部が三十数年近く前からフィリピンで、高級魚や車海老の養殖事業をやってることは知ってるやろ？」

「ええ。織部が役員をやってる日比合弁会社は、ミンダナオ島やスルー諸島に大規模な養殖場を持ってるんでしょ？」

「そうや。その日比合弁会社を作る際、当初は大手水産会社が参画するはずやったん。けどな、織部が当時のフィリピン政府に働きかけて、自分が事業に乗り出したんや」

「そのときに織部は、ディオクノの世話になってるわけか」

「そうやねん。その後、二人は親交を深め、織部はマルコス政権時代にさまざまな利権を手に入れてん」

「そうですか。アキノ、ラモスと大統領が替わっても、織部とディオクノのつき合いはつづいてたんですかね」

「アキノ政権になってからは、あまり接触してなかったようやな」

「そんな二人がまた接触しはじめてるのは、なぜなんだろう？」

「少なくとも、フィリピンの利権漁《あさ》りやないな。いまのディオクノは、現政府にはなんの発言力もない存在やからな」

「織部の狙いが利権じゃないとすると、考えられるのは暗殺の依頼ですかね？」

「そう考えるんが自然やろうな」

植草が言った。

「ええ。ディオクノは織部の依頼を受けて、元軍人たちを日本に密入国させた。その暗殺グループのリーダーがホセという男ですね？」

「わしも、そう思いはじめてるねん。ディオクノは暗殺の報酬として、織部から多額の謝礼を受け取ることになってるんやろ」

「織部は謝礼を工面《くめん》するのに、巨大観音像を建立して、寄附金を集めたわけか。となると、織部自身が政財界の重鎮の暗殺を依頼したことになりますね。わたしは、奴の後ろに依頼人がいると睨んでたんですが」

「織部は狡辛《こすから》い男やから、殺しの依頼人から渡された金をそっくりネコババする気になったのかもしれん。それで、おかしな観音像を建てて……」

「なるほど、そういうことか。実はもうひとつ、釈然としない点があるんですよ」

「なんやねん、それは？」

「ディオクノは大変な資産家ですよね？」

「ああ、大金持ちや」

「そんな男が他国の要人暗殺まで請け負って、金を得たいと思うもんでしょうか。その点がどうも釈然としないんですよ」

更級は言って、スマートフォンを右手に持ち替えた。

「ディオクノは懲りもせずに、またクーデターをやらかそう思うてるんやろ。現政権も一枚岩《いちまいいわ》というわけでもないようやから。クーデター資金は多ければ多いほど、ええからな」

「そうですが、なにも他国の暗殺なんか引き受けなくても、不動産をいくつか売却すれば、さし当たってクーデターの資金ぐらいは捻《ひね》り出せるでしょう」

「クーデターが成功するという保証はないんやで。資産を換金したら、ディオクノが黒幕やいうことがわかってしまうやないか」

「なるほどね。もしクーデターがまた未遂に終わったら、ディオクノはまずいことになるわけだ」

「そうや。現にディオクノは、ただでさえ現フィリピン政府にマークされてるねんからな」

植草が言った。

「そうみたいですね。ただ、そんな時期にディオクノはまたクーデターを起こす気になるでしょうか。前回の失敗があるから、ディオクノも慎重になってると思うんですよ」

「そう言われると、確かにそうやな。ディオクノは、クーデターを起こすことはもう考えてないんかもしれんぞ」

「ひょっとしたら、時機をうかがってるんでしょうか？」

「うむ。ようわからんようになってきたわ」

「わたしがディオクノだったら、もうクーデターはやりません。その代わり、腕のいい外国の殺し屋を使って、閣僚をひとりずつ消していきます。あっ、それなんだ！」

更級は叫んだ。

「なんやねん、急に大声なんか出して。更級君、どないしたん？」

「ボス、こうは考えられませんか。織部とディオクノは交換暗殺を考えた……」

「交換暗殺やて⁉」

植草が素っ頓狂な声をあげた。

「ほら、推理小説に交換殺人ってトリックがあるでしょ？　それの複数の形ですよ」

「ディオクノの手のうちの者が日本の政財界の要人たちを抹殺し、織部が送り込む日本人暗殺者がフィリピンの現政権の閣僚らを葬るわけやな？」

「そうです、そうです。交換暗殺だと、どちらも背後関係の割り出しに時間がかかりますよね。それにクーデターよりも、ずっと成功率は高いんじゃないかな」

「そうかもしれんね。とにかく生駒君に近々、ハワイに飛んでもらって、ディオクノの動きを探ってもらおうやないか。ほんなら、またな」

電話が切れた。

更級は、ふたたび身を横たえた。目をつぶって、時間を遣《や》り過ごす。じっとしていると、次第に瞼が重くなってきた。いつしか更級は、まどろんでいた。

どれほど経《た》ってからか、頭上から爆音が響いてきた。

浅い眠りを解かれた。更級は跳《は》ね起きて、車の外に出た。夜空を仰ぐ。大型ヘリコプターが赤い航空灯を点滅させながら、巨大な観音菩薩像に近づきつつあった。

「何なの？」

悠子が車から飛び出してきた。

「ヘリが教団本部に舞い降りるらしい。おそらく、敵の一味だろう」

「行ってみましょう」

「ああ」

更級はスカイラインに半身を突っ込んで、短機関銃を摑んだ。

二人はアスファルトの道を走りはじめた。

数分で、『善愛会』の入口に達した。更級は鉄扉《てっぴ》の隙間から、中を覗き込んだ。教団本部ビルの前の広場に、ベージュの大型ヘリコプターが停止していた。ローターは回転しつづけている。舞い上がる土埃が次第に厚くなった。機のスライドドアが開くと、建物の中から人影が次々に走り出てきた。教団本部ビルの窓は、どこも暗かった。

「奴らは車を放置したまま、ヘリで逃げる気だな。おれたちの尾行に気づいたんだろう」

「そんなはずはないんだけど」

悠子が暗視望遠鏡《ノクト・スコープ》を目に当てた。

「ヘリの様子は？」

「フィリピン人らしい男たちが五人と日本人の男が三、四人、ヘリの中に乗り込んだわ」

「ヘリに社名は？」

「何も書かれてないわ」

「くそっ」

更級は歯噛みした。

そのとき、大型ヘリコプターがふわりと舞い上がった。機は凄まじいローター音を撒き散らしながら、急上昇した。

　更級は門扉から七、八メートル退《さ》がった。UZI《ウージー》の引き金を絞る。放った九ミリ弾が鋭い音をたてて、鉄錠と鎖を砕いた。飛び散る火花がどこか幻想的だった。

　更級と悠子は鉄扉を押し開け、中に躍り込んだ。三階建ての白い教団本部ビルは、ひっそりと静まり返っている。動く影はなかった。

「全員、ヘリに乗ったようね」

　悠子が言って、フォードのステーションワゴンに駆け寄った。更級は、大股で悠子を追った。

「発信機は、ちゃんと作動してるわ」

「それじゃ、敵はおれたちの尾行に気づいたってわけじゃないんだな」

「ええ、多分ね」

　悠子は磁石式の電波発信機をバンパーの下から剝《は》がし取って、屈めていた腰を伸ばした。

「一応、建物の中を調べてみよう」

「その前に、野尻ちゃんたちに東京にUターンしてもらったほうがいいんじゃない？　もう助っ人は必要じゃないみたいだから」

「そうだな。電話するよ」

更級はうなずいた。虚《むな》しさが胸の底で揺れている。

# 3

冷えたカルスバーグの喉ごしが快い。デンマーク産のビールだ。

更級は湯上がりだった。

自宅マンションの居間である。那須高原から戻って三日目の深夜だった。チーフの生駒はきのうの朝、ハワイ入りしたはずだ。

更級は罐ビールを手にしたまま、大型テレビに近づいた。電源スイッチを入れると、ちょうど若い女性キャスターが海外ニュースを報じていた。

更級はソファに腰かけ、画面に目を向けた。

そのとき、ニュースキャスターがちらりと横を向いた。ディレクターから、臨時ニュースの原稿を渡されたようだ。

「速報です。現地時間できょうの午後五時ごろ、フィリピンの国防相と官房長官の二人がマニラ市内で暗殺されました」

気の強そうな女性キャスターが、感情の籠もらない声で報じた。

罐ビールを呷《あお》った。

われ知らずに更級は、ぐっと身を乗り出していた。

「犯人は日本人でしたが、警護官にその場で射殺されました。この日本人は八代謙次《やしろけんじ》、三十四歳で、三年前まで警視庁のSPを務めていました。不祥事を起こして懲戒免職になった後、都内で貿易会社を経営していました。八代は数日前に観光ビザでフィリピンに渡り、マニラ市内で入手したアメリカ製の自動小銃で凶行に及んだ模様です。犯行の動機や背後関係など詳しいことは、まだわかっていません」

画面が変わった。

やはり、交換暗殺だったか。更級は残りのビールを飲み干した。

その直後だった。サイドテーブルの上の特殊スマートフォンが鳴りはじめた。

更級は立ち上がって、テレビのスイッチを切った。それから、スマートフォンを摑み上げる。

「あたしよ」

ジュリアンの声だった。

「何か急用か？」

「お店に来てるのよ、熊井が。ホセってフィリピン人と一緒にね」

「ほんとか⁉」

「ええ、もちろん！　野尻ちゃんや芳賀さんに連絡して、すぐこっちに来てくれない？

あたしは何とかして、熊井かホセをホテルに連れ込むわ」

「わかった。店は麻布十番の『バイオレット』だったな?」

更級は確かめた。

「そう、二丁目よ。十番商店街の通りから、ちょっと裏に入った場所にあるの。飲食店ビルの地階よ。隣は焼肉レストランだから、すぐにわかると思うわ」

「怪しまれないようにしろよ」

「わかってるわ。それじゃ、お願いね」

ジュリアンは鼻にかかった声で言い、先に電話を切った。

更級はすぐ二人の仲間に連絡した。

どちらも運よく摑まえることができた。芳賀たちと店の前で落ち合うことになった。今夜こそ、熊井かホセを締め上げてやる。更級は手早く衣服をつけた。念のために、グロック32をベルトに挟んだ。部屋を出る。

更級はエレベーターで地下駐車場に降り、黒いスカイラインに乗り込んだ。車をスタートさせる。玉川通りに出て、青山通りを進んだ。『バイオレット』は造作なく見つかった。

店の前の路上に、芳賀がたたずんでいた。

黒っぽいウールのブルゾンを羽織っている。下は薄茶のスラックスだった。

芳賀は更級に気がつくと、さりげない足取りで近寄ってきた。更級は、助手席のドアを押し開けた。芳賀が車内に乗り込んできた。

「野尻は？」

更級は訊《き》いた。

「まだのようです」

「店の出入口は一カ所だけかな？」

「ええ、一カ所だけです。さっき確認しておきました」

「フィリピンの国防相と官房長官が日本人に暗殺されたことは、もう知ってるか？」

「ええ、知ってます。さっき、ラジオのニュースで聴きましたんで」

「おれは織部とディオクノとの間に交換暗殺の密約ができてると睨んでるんだが、そっちはどう思う？」

「交換暗殺となりますと、ちょっと腑に落ちないことが……」

芳賀が言い澱《よど》んだ。

「遠慮なく何でも言ってくれ」

「交換暗殺ならば、それほど金は必要じゃありませんよね。せいぜい狙撃者たちの密入国費、滞在費、それから報酬ぐらいでしょうからね」

「そんなもんだろうな」

「それなのに、なぜ織部典生は巨大観音像を建立して、巨額の寄附金を集める必要があったんでしょう？　仮に織部に暗殺を依頼した人物がいるとしたら、当然、そいつから殺しの報酬が織部に支払われると思うんですよ」

「ボスは、その報酬をそっくり織部がネコババする気なんじゃないかと言ってたがね」

「その説には、ちょっと……」

「実はおれも最初はボスと同じことを考えてたんだが、いまは違う。織部は暗殺の依頼人と謀《はか》って、何か途方もないことを考えてるんじゃないだろうか」

「具体的におっしゃってくれます？」

「いくら織部でも、まさか軍事独裁政権の樹立を本気で考えてるとは思えないんだ」

「そうでしょうね」

「もしかすると、怪物は弱体化した民自党の各派閥を一つに束ねることを考えてるんじゃないだろうか」

「それは、充分に考えられますね。このところ民自党自体のイメージが大きくダウンしてますからね」

「ああ。このままの状態がつづけば、民自党抜きの新しい野党連合政権が生まれることになるかもしれない」

「更級さんのおっしゃる通りなら、織部の寄附金集めも納得がいくな」

「そうか。ところで、きみはなぜ処刑人を志願したんだ？」

「金の魅力に負けたんですよ。みっともない話ですが、ギャンブルでこしらえた借金がほうぼうにありましてね」

「そうだったのか」

　更級はそう答えたが、芳賀の言葉をすんなり信じたわけではなかった。

　芳賀の目の配り方や身ごなしは、どこか常人とは違う。全身に何か冷徹な凄みのようなものがあった。右手の指は硝煙で、うっすらと黄ばんでいた。

　ハンターのような体臭を感じさせる芳賀は徒者《ただもの》ではない。何か大きな目的があって、この男は『牙』に近づいてきたのではないのか。

　そんな思いが、更級の胸中を掠《かす》めた。

　数分が流れたころ、『バイオレット』の前に一台のレンジローバーが停《と》まった。

　野尻の車だ。スカイラインとは向き合う形だった。

「ホセたちは、まだ店ん中にいるんだろ？」

　無線機から、野尻の声が流れてきた。更級はマイクを握った。

「遅かったじゃないか」

「あんたとおれは十歳も離れちゃいねえんだぜ。ガキ扱いされたくねえな」

「そうとんがるなって。打ち合わせをしておこう。おまえと芳賀君は、熊井を押さえてくれ」

「けっ、チーフ面《づら》しやがって」

「気に入らないだろうが、生駒の旦那がいない間は、おれが代理を仰《おお》せつかったんだ。文句があるなら、ボスに言ってくれ」

「悪かったよ。ちょっと言い過ぎだよな」

「おれはホセを押さえる。話はそれだけだ」

更級は交信を打ち切った。

「それじゃ、わたしはレンジローバーに移ります」

芳賀が車を降りた。

大股で、野尻の車に歩み寄っていく。隙のない歩き方だった。芳賀のような男を敵に回したら、命を落とすことになるかもしれない。

更級はマールボロをくわえた。

火を点けたとき、脈絡もなく悠子のことを想った。

彼女に声をかけなかったので、後で憾《うら》まれそうだ。しかし、今夜は少々荒っぽい仕事になりそうだから、これでよかったのだろう。

更級は煙草を深く喫《す》いつけた。

煙草の火を消したときだった。ニューハーフバーの前に銀灰色のレクサスが停止した。野尻の車は十メートルほど後退していた。

大型車のドライバーは若い男だった。堅気には見えない。

男は車を降りると、地階に降りていった。降りきった所に『バイオレット』の出入口がある。男は客の誰かを迎えに来たらしかった。

更級は出入口を注視した。

一分も経たないうちに、店から男が出てきた。その次に姿を見せたのは熊井だった。五分刈りの頭がなんとも異様だ。

熊井のそばには、数人のニューハーフがいた。その中に、ジュリアンが混じっている。銀ラメのロングドレスが妖しい。

熊井がニューハーフたちに見送られて、大型車の後部座席に乗り込んだ。上機嫌な様子だった。

レクサスが静かに滑り出した。

ニューハーフたちが店内に戻っていく。ジュリアンが振り向いて、更級にVサインを送ってきた。ホセをホテルに連れ込めそうだという意味だろう。

野尻の四輪駆動車が発進した。

レンジローバーがエンジン音を響かせながら、スカイラインの横を走り抜けていった。更級は腕時計を見た。十一時十分過ぎだった。『バイオレット』は、十一時半で看板になる。もうじきジュリアンたちも出てくるだろう。

更級は、店の出入口から目を離さなかった。

やがて、閉店時刻が迫った。

店の従業員たちに送られて、酔客が断続的に出てくる。中年や初老の男が多かった。最後の客は、明らかに日本人ではなかった。

ホセにちがいない。色が黒く、背が高かった。口髭をたくわえた顔は、どことなく鷲を連想させた。

男は路上で茶色の葉煙草《シガリロ》をくわえると、数軒先にある深夜レストランに入っていった。ジュリアンを待つ気らしい。

更級は、ニューハーフバーと深夜レストランを交互に見た。

ジュリアンが『バイオレット』から走り出てきたのは、およそ十分後だった。

彼はあたりを見回してから、すっと車に近寄ってきた。黒革のパンツスーツ姿だった。更級はパワーウインドーを下げた。

「口髭の男がホセだな？」

「ええ、そうよ。これから、彼をホテルに誘い込むわ。四谷にニューハーフ専門のラブホテルがあるの」

ジュリアンがそう言って、ホテル名を口にした。

「そこが空いてなかったら、どうする気なんだ？　一応、段取りを教えておいてくれ」

「大丈夫よ、ちゃんと予約済みだから。もう部屋もわかってるの。四〇七号室よ」

「馴染みのホテルみたいだな」

「セカンドハウスみたいなものよ。フロントの男の子に、後から更級さんが来るってことを言っておいたわ」

「わかった。部屋に入ったら、まずホセにシャワーを浴びさせろ」

「了解！　あいつがバスルームに入ったら、お部屋のドアを細く開けておくわよ」

「うまくやってくれ」

「まかせてちょうだい」

ジュリアンは手をひらひらさせながら、深夜レストランに駆け込んでいった。更級はマールボロに火を点けた。

ジュリアンとホセが店から現われたのは数十分後だった。

二人は表通りまで歩き、タクシーを拾った。更級は尾けはじめた。

タクシーは左門町のマンション風の建物の前に停まった。五階建てだった。ホテルの看板は、どこにも見当たらない。

ジュリアンとホセはお互いの腰に手を回しながら、ロビーに入っていった。

更級は近くの裏通りに車を駐《と》め、ホテルのある通りに戻った。七、八分路上にたたずみ、ホテルのロビーに足を踏み入れる。

フロントには、中性的な若い男がいた。更級は小声で話しかけた。

「ジュリアンの知り合いだよ」

「ああ、うかがっております。お部屋は四階です。どうぞ楽しい一夜を……」

フロントマンが淫らな笑みを浮かべた。

何か勘違いしているようだ。更級は苦笑して、エレベーターホールに向かった。

四階に上がる。廊下に、人気《ひとけ》はなかった。四〇七号室は端の部屋だった。ドアは数センチ開いている。

更級は静かに室内に入った。

ジュリアンが抜き足でやってきた。右手の浴室から、湯の弾ける音が洩れてくる。

更級はドアを閉め、腰のグロック32を引き抜いた。スライドを引いて、初弾を薬室に送り込む。

「これ、ホセの物よ」

ジュリアンが小声で言い、自動拳銃を見せた。ベレッタM92SBだった。

「そいつは、きみが持ってろ」

「オーケー」

「ここにテレビは？」

更級は訊いた。

「テレビはないけど、ベッドにコンポが仕組まれてるわ」

「何か音楽をかけてくれ」

「音消しね。うふふ」

ジュリアンが目を輝かせ、ベッドに歩み寄った。

待つほどもなく、室内にボン・ジョビのヒットナンバーが流れはじめた。FM放送らしかった。

曲がラップミュージックに変わったとき、シャワーの音が熄《や》んだ。

更級は浴室のドアの前に立った。ややあって、ドアが内側に手繰《たぐ》られた。ホセが口の中で呻き、一瞬、棒立ちになった。

「動くと撃つぞ」

更級はドアをいっぱいに開けて、英語で言った。ホセが青いバスタオルで股間を隠してから、訛のある英語で叫んだ。

「おまえは誰だっ」

「名乗るほどの男じゃないよ。ちょっとあんたに訊《き》きたいことがあってな。出て来い！」

「わたしは、ただの旅行者だ。他人《ひと》に後ろ指をさされるようなことは何もしていない」

「ただの旅行者がベレッタを持ち歩いてるとはな。出るんだっ」

更級は声を張った。ホセが諦《あきら》め顔で浴室から出てきた。ジュリアンが姿を見せた。

ホセはジュリアンに悪態をついた。ジュリアンは薄く笑ったきりだった。

更級はホセを部屋の奥まで追い立て、ひとり掛けのソファに坐らせた。ホセは素直に従った。

「こいつの両手を背の後ろで縛《しば》ってくれ」

更級は、ジュリアンに言った。

ジュリアンがバスローブのベルトで、ホセの両手首を後ろ手に縛りつける。

更級はベッドに近づいた。脱ぎ散らかしてあるホセのスラックスを抓《つま》み上げた。体温を吸った布地が生温かい。

それで更級は、ホセの頭をすっぽりと覆った。ホセが烈《はげ》しく首を振ったが、スラックスはまとわりついて離れなかった。

「ね、なんでそんなことをするの？」

ジュリアンが小首を傾げた。

「目隠しをされてると、恐怖心が倍増するんだよ。相手が何をする気なのかわからないからな」

更級は言うなり、ホセの脇腹に鋭い蹴りを入れた。

ホセの体が丸まった。

更級は、またキックを見舞った。今度は肝臓を狙った。ホセが呻いた。更級は踏み込んで、相手の胃袋を膝頭で蹴り上げた。

ホセが喉を軋《きし》ませた。

吐いた物がスラックスを濡らし、厚い胸に滑り落ちてきた。異臭が漂う。ジュリアンが顔を背《そむ》けた。

「まずフルネームから喋ってもらおうか」

更級はホセに英語で言った。ホセは苦しそうに喘《あえ》ぐだけで、何も喋らない。

「喋らなきゃ、蹴りつづけることになるぞ」

「やめろ！　おれはホセ・サロンガだ」

「フィリピン人だな？」

「そうだ。貿易の仕事をやってる。日本には、商用で来たんだよ」

「貿易商だと？　まあ、いいさ。で、いつ来たんだ？」

「一週間前だよ。マニラから直行便で成田に……」

「嘘をつくな。おれたちは、東京入管のリストをチェックしてる。おまえが正規なルートで入国したという証拠はないぜ」

「くそっ、勝手にしやがれ」

「ホセ、おまえが暗殺チームのリーダーなんだな！」

「質問の意味がわからない」

「手間をかけさせるなよ」

更級はグロック32の銃口をホセの額に押しつけた。被《かぶ》せたスラックスの下で、ホセの眼球が膨れ上がったにちがいない。

「わかった、喋るよ。おれがリーダーだ」

「チームの仲間は何人いた？」

「おれを入れて、ちょうど十人いたんだ。でも、三人は死んでしまった」

「日本の政財界の要人暗殺を誰に命じられたんだ？」

「それは……」

ホセが言葉を澱《よど》ませた。

「ディオクノが直接、殺しの指令を下したわけか？」

「最終的な依頼主のことは知らないんだ。おれは昔の上官に言われて、腕っこきのシューターを集めただけだから」

「昔の上官って、誰のことなんだっ」

「マルコス政権時代の国軍大佐のミトラだよ。おれは少佐だったんだ。狙撃チームの連中は全員、おれのかつての部下だよ。おれは殺しを請け負っただけで、詳しいことは何も教えてもらってないんだ。嘘じゃない」

「いま、ミトラはどこにいる?」

「ハワイにいるよ。ワイキキの目抜き通りにある高級ホテルの総支配人をしてる」

「目抜き通りというと、カラカウラ街か?」

「そうだ。ホテルの名は、エメラルドホテルだよ。ディオクノさんが経営権を持ってるそうだ」

「おまえ、ディオクノとは?」

「一面識もない」

「織部典生には会ってるな?」

更級は矢継ぎ早に質問した。

「その人物は知らない。初めて聞く名前だな。おれが知ってる日本人は、ミスター熊井とミスター石橋だけだよ」

「そうか。〝反日武装アジア民主青年同盟〟なんてもっともらしい名称を思いついたのは、熊井なのか?」

「それは、なんの話だ?」

ホセがすぐに問い返してきた。

更級はスラックスを取り除いた。ホセが目を細める。室内灯の光が瞳孔を射《い》たのだろう。

「知らなきゃ、それでいいんだ。おまえの部下たちはいま、どこにいる?」

「東中野のマンションにいる。ミスター石橋の情婦《ミストレス》が使ってた部屋に寝泊まりしてるんだ」

「まだ暗殺の仕事は残ってるのか?」

「わからない。おれは、ミトラの命令通りに動いてるだけなんでな」

「仕事が終わったら、どういうルートで日本を出国することになってたんだ?」

「日本の高速艇と台湾の漁船を乗り継いで戻ることになってる。ミスター石橋が出入国の世話をしてくれてるんだ」

「服を着ろ」

「帰ってもいいのか?」

「甘いな、あんた。東中野のマンションに案内してもらおう」

更級はジュリアンに目配せした。

ジュリアンがホセの後ろに回り込み、手早く縛《いまし》めを解く。ホセは椅子から立ち上がって、身繕《みづくろ》いに取りかかった。

「ベレッタはいただいとくわよ」

ジュリアンがホセに声をかけた。

ホセは舌打ちしたが、何も言わなかった。暗い目でジュリアンを睨《ね》めつけながら、彼は靴を履いた。

更級とジュリアンは、ホセの両腕を取った。ホセを引きずるようにして、部屋を出る。一階に降りると、ジュリアンがフロントにキーを返しに行った。更級はホセを表に連れ出した。すぐにジュリアンが追ってきた。

裏通りに入ると、急にホセが足を止めた。

「靴の紐が緩《ゆる》くて、歩きにくいんだ。結び直させてくれないか」

「いいだろう」

更級は人質の腕から手を放した。

ホセがしゃがみ込んだ。と思ったら、不意に走りだした。逃げる気らしい。

更級とジュリアンは追った。

ホセが表通りに出た瞬間、車のブレーキ音がした。鈍い衝突音も轟いた。更級の目の前で、ホセの体が高く舞い上がった。車に撥《は》ねられたのだ。仲間がホセの口を封じたのだろう。

更級は車道に視線を走らせた。

路肩に、白いＢＭＷが停止している。フロントグリルがひしゃげていた。ホセを轢《ひ》いた車だ。運転席には、三十歳前後の女が乗っていた。

逃げる気配はうかがえないから、ホセの仲間ではなさそうだ。

更級は、そう思った。ホセははるか先の車道に落下していた。倒れたまま、動かない。首が奇妙な形に捩《よじ》れている。

更級はホセに駆け寄った。すでに絶切《ことき》れていた。ジュリアンが走り寄ってきた。更級は無言で首を振った。

# 4

電話が繋がった。

更級は特殊スマートフォンを握り直した。植草邸の応接間だ。翌日の午後だった。

「生駒です」

「連絡がないんで、心配したぜ」

「更級さんだね？」

「ああ。おれは、あんたの代役を降りたくなったよ。昨夜《ゆうべ》、ホセをいったん押さえたんだが……」

更級は、その前後の話を詳しく喋った。

「ホセ・サロンガにそこまで喋らせたんなら、ドジどころか大手柄だよ」

「それより、フィリピンの国防相と官房長官が八代謙次って日本人に暗殺されたぞ」

「知ってる。こちらのマスコミも報道してるよ」

生駒が言った。

「そうか。情報収集班に八代のことを調べてもらったら、やっぱり熊井と繋がってたよ。八代は熊井を自分がやってる貿易会社の役員にしてるんだ」

「こっちも収穫があったよ。先々月、熊井がエメラルドホテルに三日ばかり滞在してたんだ。そのとき、ミトラ総支配人は熊井につきっきりだったそうだよ。ホテルの従業員たちが何人も、そう証言してる」

「そいつは貴重な証言じゃないか」

「それから、ホセ・サロンガもかつての上官であるミトラ元国軍大佐をしばしば訪ねてたらしいよ」

「ミトラの動きは？」

更級は訊いた。

「そちらも、いい情報を摑んだよ。ミトラは、グロリオ・ディオクノの邸《やしき》にちょくちょく出入りしてる」

「そうか。ディオクノ邸にはミトラのほかにも誰か訪ねてるんじゃないのか？」

「ああ、右派議員のアントニオ・マセリレが何度も邸宅を訪ねてる」

「確かマセリレは、現大統領の政敵だったな」

「悪名高かったマルコスが弟のようにかわいがってた男だよ」

「マセリレは、いまも死んだマルコスの夫人と接触してるんだろうか。もし接触してるとすれば、交換暗殺にイメルダも関わってた可能性もあると思うんだ」

「更級さん、おれはイメルダは今度の事件には噛んでないような気がしてるんだ。年老いて、すっかり気弱になってるからね」

「それでもわからないぜ。なにしろ、野望の権化《ごんげ》みたいな女だからな」

「そうだね、確かに。それはそうと、もう一つ大きな情報をキャッチしたんだ」

生駒が言葉を切り、すぐに言い重ねた。

「先々月の上旬に、オアフの小さなリゾートホテルで織部典生とマセリレが密かに会談してたらしい」

「それじゃ、フィリピン側の黒幕はマセリレとディオクノなのかもしれないな」

「ああ、多分ね。そのときの二人の写真を手に入れたんだ」

「写真の入手先は？」

更級は訊いた。

「フリーの日系カメラマンから買ったんだ」

「その写真、偽《ガセ》じゃないんだろうな」

「その点は心配ないよ。ネガを手に入れたんだ。織部とマセリレは、そのときに交換暗殺の密約をしたんじゃないだろうか」

「織部は、ディオクノ邸には近づいてないのか？」

「訪ねた様子はなかったね。おそらく首謀者は、マセリレなんだろう。ディオクノは経済面でマセリレを支援してるんじゃないかな」

「そうかもしれない」

「今夜にでも、ミトラ総支配人を締め上げて、そのあたりのことを探《さぐ》ってみるつもりだよ」

　電話の向こうで、生駒が言った。

「あんまり無理をするなよ。あんた、丸腰なんだろ？」

「いや、こっちでコルト・コマンダーを手に入れたんだ。といっても、セブ島あたりから闇ルートで流れてきた粗悪なコピー拳銃だけどね」

「暴発に気をつけろよ」

　更級は忠告した。俗に〝ＣＲＳ〟と呼ばれているフィリピン製の粗悪な自動拳銃は、しばしばブロウバックの作動不良を起こす。

「なるべく使わないようにするよ」

「そのほうがいいね」

「野尻と芳賀は、熊井を押さえたのかな？」

「いや、逃げられたらしいんだ」

「それは残念だな。菊心会館や織部の邸はマークしつづけてるんだろう?」

「ああ、芳賀と野尻が張り込んでる。しかし、これといった動きはないんだ」

「織部に暗殺を依頼した人物は、いったい誰なんだろうか。おれは大和田派の大番頭の近石宗賢が臭いと思うんだが、更級さんはどう思う?」

「確かに近石が最も怪しいってことになるよな。しかし、おれは何となく近石はシロのような気がしてるんだ。暗殺の依頼人は、もっと意外な人物なんじゃないだろうか」

「たとえば?」

「判断材料が少なすぎるから、具体的に誰とは言えないが、たとえば森脇総理に近い人物とか……」

「森脇が目をかけてる奴となると、荻上官房長官あたりだな。そういえば、荻上も河口湖のゴルフ場でゴムマスクを被った狙撃者に撃たれそうになったんだったな」

「ああ、弾道はかなり逸《そ》れてたがね」

「その後、荻上は敵に狙われてないから、ゴルフ場では単に巻き添えを喰ったんだろうね」

生駒が言った。

「そうだろうか。ひょっとしたら、荻上はわざと自分に銃口を向けさせたのかもしれないぞ。とばっちりを受けたにしては、弾道が逸れすぎてた」

「更級さん、そいつは考えすぎじゃないのか。荻上は森脇総理の秘蔵っ子だよ。そういう男が森脇派の大物たちを狙撃させるなんて……」

「しかし、政治家どもの肚《はら》なんか外からじゃ、なかなかわからない」

「それにしても、ちょっと説得力がない気がするな」

「そう」

「なんかもどかしいね。織部を拉致《らち》して吐かせるか」

「まだ早すぎるな。織部を拉致できたとしても、おそらく奴は何も吐かないだろう。下手に動いたら、こちらの正体が割れてしまう」

「うん、そうだね」

「もし敵の影がちらつきだしたら、すぐに連絡してくれ。すぐに助っ人を送り込むよ」

更級は先に通話を切り上げた。片方の耳がかすかに汗ばんでいた。

ソファから立ち上がって、更級は応接間を出た。地下室に足を向ける。

大型コンピューターのある部屋に入ると、情報収集班のひとりが走り寄ってきた。まだ二十代半ばの男だ。

「更級さん、ようやく『セントラル日本語学校』の本当の経営者がわかりましたよ」

「誰だったんだ？」

「羽根木一家の石橋総長の長男でした。あそこは、正式な認可を受けていないインチキ日本語学校です」

「そうか。ご苦労さん！」

「それからですね、きょうの午前中に『善愛会』が香港の銀行に三十億ドル振り込んでます」

「振込先は？」

「『パラダイス・カンパニー』です。ディオクノの関連してる小さな商社です」

「織部の関連会社に外国からの入金は？」

「いま現在、不審な入金はありません。ただし、スイスの銀行の秘密番号口座《ナンバード・アカウント》に振り込まれてる可能性はありますけどね」

「どうもありがとう」

更級は軽く手を挙げ、大型無線機に歩み寄った。悠子がレシーバーを両耳に当てて、警察無線を傍受していた。

更級は悠子のそばにたたずんだ。気配で、悠子が振り返った。

「何か変わったことは？」

更級は訊いた。悠子が片方のレシーバーを耳から外した。更級は同じ質問をした。

「ううん、別に何もないわ」

「そうか。代わろう」

「それじゃ、コーヒーを淹《い》れてくるわ」

悠子がレシーバーを外して、椅子から立ち上がった。ダークグリーンのスーツが似合っている。白いシルクブラウスが眩《まばゆ》かった。

更級はレシーバーを両耳に当て、椅子に腰を下ろした。椅子には、悠子の肌の温《ぬく》もりが残っていた。

脚を組んだときだった。警視庁指令本部からパトカーに指示が与えられた。

「日比谷公園内の噴水近くで、三十代後半と思われる男が割腹自殺を図ると喚《わめ》きちらしているとの通報が入った。所轄のパトカーはただちに急行せよ」

切迫した指令は二度繰り返された。

世の中には、いろんな人間がいるものだ。更級は、無線機の音量を絞った。

それから間もなく、洋盆《トレイ》を捧げ持った悠子が摺《すり》足でやってきた。トレイの上には、二つのマグカップが載っている。更級は近くにある椅子を引き寄せ、悠子の前に差し出した。悠子が椅子に浅く腰かけ、膝の上に洋盆を置いた。

更級はレシーバーをずらして、片方のマグカップを掴み上げた。

「インスタントだけど、我慢して」

「いいさ。情報収集班の連中には？」

「ちゃんと配ってきたわ」

「気が利くな」

更級はマグカップを口に運んだ。

悠子もコーヒーを啜《すす》った。彼女はカップの縁に付着したルージュをさりげなく指の腹で拭い取った。いい感じだ。悠子はじゃじゃ馬ぶっているが、神経は濃《こま》やかなのだろう。

コーヒーを飲みながら、更級はそう思った。

「何か考えごと？」

「いや……」

「チーフから何か連絡は？」

「ついさっき、電話で喋ったよ」

更級は、通話内容をつぶさに話した。口を結ぶと、悠子が言いにくそうに言った。

「あなたの推測にケチをつけるつもりはないんだけど、本当に織部に共犯者というか、黒幕みたいな人物がいるのかな。これだけ織部や熊井をマークしてるのに、それらしい影さえ見えないでしょ？」

「いつの時代も、根っからの悪党は決して表面には出てこないものさ」

「元検事さんがそう言うんだから、きっとその通りなのね」

「そんなふうに言われると、なんだか急に自信がなくなってきたな」

二人は顔を見合わせて、ほほ笑み合った。

二つのマグカップが空になると、悠子が腰を上げた。彼女はトレイを持って、歩み去った。

更級はレシーバーを耳に当てた。

たいした情報は流れてこない。ありきたりの傷害事件や窃盗に関する指令ばかりだった。更級は右腕を伸ばして、大型テレビの電源を入れた。

ちょうどニュースが報じられていた。見るともなく画面を眺めていると、やがて日比谷公園が映し出された。さっきの指令の事件だ。

更級は目を凝らした。

画面が変わり、若い男性アナウンサーの顔が映った。

「さきほど東京・日比谷公園で、日本刀を持った男が割腹自殺を図りました。傷が浅く、生命に別条はありません。この男は駆けつけた警官に、相次いでいる政財界人の暗殺事件の首謀者だと主張しています」

アナウンサーが間《ま》を取った。

更級はレシーバーを外し、テレビの音声に耳を傾けた。

「警察の調べによると、この男は自称『殉国青年隊』の隊長で飲食店経営田畑辰一《たばたしんいち》、三十八歳です。田畑は、旭光建設の寺久保社長や奈良林法務大臣の暗殺など一連の事件を引き起こしたと自供しています。目下、取り調べ中です。詳しいことがわかり次第、続報をお伝えします」

アナウンサーは、次のニュース原稿を読み上げはじめた。

これは明らかに敵の小細工と思われる。田畑という男は誰の指示で、替え玉になったのだろうか。指示した人間を手繰《たぐ》っていけば、新事実が浮かび上がってくるかもしれない。明日、男の家族に会ってみることにした。

更級はレシーバーを浮かせて、大声で情報収集班のスタッフを呼んだ。

田畑辰一に関するデータを揃えてもらうつもりだった。

# 第五章　交換暗殺の首謀者

## 1

目的の家を探し当てた。

更級は足を止めた。店舗付きの住まいだった。階下はスナックになっている。田畑辰一の自宅だ。西武新宿線の上石神井駅から、それほど遠くない場所だった。

更級は腕時計を見た。

午後六時半を回っている。スナックのドアを開けた。店内は狭かった。L字形のカウンターとボックス席が二つあるだけだ。

客の姿はない。カウンターの内側に、三十二、三歳の女がいた。

痩せて、大きな瞳だけが目につく。髪は栗色に染められている。水商売の世界に長くいた女のようだ。

「まだ準備中？」

「いえ、どうぞ」

女が目の前の席を手で示した。

更級はそこに坐り、ビールを註文した。店内の造作は、ひどく安っぽかった。

「あなた、田畑さんの奥さんでしょ？」

「そうですけど、おたくは？」

「ご主人とは昔、よく麻雀をやったんですよ」

更級は、でまかせを言った。田畑の妻が曖昧に笑って、カウンターにコップと突き出しの小鉢を置いた。

「奥さんが、この店のママってわけか」

「ええ、まあ。とりあえず、どうぞ」

田畑の妻がビールの中壜を傾けた。真紅のマニキュアがところどころ剝《は》げかけていた。

更級はコップを持ち上げた。ビールが注《つ》がれる。色気のない注ぎ方だった。

「田畑さん、大変なことになったね」

「ご存じだったんですか。そうでしょうね、テレビやマスコミが大騒ぎしてますもんねえ」

「ご主人が政財界の要人を次々に暗殺しただなんて、とても信じられないなあ」

更級は大げさに驚いて見せ、ビールを一気に飲み干した。田畑の妻がビールを注ぎながら、呟くように言った。

「田畑がそんな大それたことなんかやれるはずないわ。うちの亭主は、人を殺すような度胸なんかないのよ。だから、幹部にもなれなかったんだわ」

「田畑さんは組関係の人だったのか」

「それは、もうだいぶ前の話だけどね。若い時分に、新宿の寺尾組の世話になってたんですよ。寺尾組は解散しちゃったから、もうありませんけどね」

「ふうん」

「うちのろくでなしは、おそらく誰かの身替わりになったんですよ」

「誰か心当たりがありそうだね」

更級は探りを入れた。田畑の妻が目を逸《そ》らした。

「奥さん、このままでいいんですか？　わたしの友人に有能な弁護士がいます。及ばずながら、わたしも力になりますよ」

「お気持ちはありがたいけど」

「ご主人は寺尾組が解散してからも、昔の仲間たちとつき合ってたのかな？」

更級は訊いた。

「いいえ。みんな、散り散りになっちゃったから。でも、長洲《ながす》さんとは年に数回は会ってたみたいね」

「長洲って？」

「いまも男稼業を張ってる人で、確か仁友連合会羽根木一家の舎弟頭をやってるはずよ」

田畑の妻が答えた。思った通りだ。

更級は、ほくそ笑みそうになった。

「きっとうちの亭主は、長洲さんに頼まれたんだわ」

「田畑さんは最近、その男に会ってるの？」

「ええ、一昨日の晩にね。長洲さんから呼び出しの電話があって、田畑は出かけていったんですよ」

「帰ってきたときの様子はどんなふうでした？」

「上機嫌だったわ。それでうちの亭主は、札束の入ったデパートの紙袋をあたしに差し出して、『こいつを銀行に入金しといてくれ』なんて言ったの」

「奥さん、札束は見ました？」

「ええ、見たわ。百万円の束がちょうど二十個あったと思うけど」

田畑の妻が小声で言った。

「二千万円か。大金だな」

「田畑は知り合いのお金を預かっただけだなんて言ってたけど、あたし、なんか厭《いや》な予感がしたの。それで、お金を返してくれって頼んだんですよ」

「そうしたら？」

更級は畳みかけた。

「渋々また出かけて行ったけど、とうとう家には帰ってこなかったわ。それで、きのう、あんな騒ぎを……」

「奥さんの話を総合すると、長洲って男がご主人に二千万円を与えて、田畑さんを身替わり犯にした疑いがあるな」

「そうなんだと思うわ。田畑は昔っから、長洲さんには頭が上がらなかったの」

「ちょっと調べてみましょう。田畑さんは長洲に脅されて、いやいや身替わり犯の役を引き受けたのかもしれない。そうだとすれば、ご主人はすぐに釈放されるはずです」

「でも、うちの亭主はもうお金に手をつけたかもしれないし」

「それぐらいのことは、たいした罪になりませんよ。奥さん、長洲の自宅の住所を教えてくれませんか？」

「長洲さんは堅気じゃないのよ」

「友人の弁護士は、やくざなんか少しも恐れない男です。このままじゃ、田畑さんが気の毒すぎる」

「うちの亭主のアドレス帳に、長洲さんの住所が載ってたと思うわ。ちょっと見てきますね」

田畑の妻はそう言い、店の奥に消えた。うまく話が運んでいる。

更級はコップを空にして、手酌で残りのビールを注いだ。それを飲み干したとき、田畑の妻が戻ってきた。更級はメモを受け取った。中野区内の所番地が記されていた。

店の電話が鳴った。

田畑の妻がカウンターの端に移動した。酒屋からの電話らしい。田畑の妻が考え考え、酒の註文をしている。

更級はカウンターに一万円札を置き、そっと店を出た。小走りに駐車中のスカイラインに駆け寄る。運転席に乗り込んだとき、傍受防止装置付きの特殊スマートフォンが鳴りはじめた。

更級はドアを閉めて、スマートフォンを耳に当てた。

「おれだよ」

野尻の無愛想な声が流れてきた。

「おまえか。緊急連絡か？」

「ジュリアンのマンションに妙な連中が忍び込んだらしいぜ」

「羽根木一家の者だな」

「ああ、多分。部屋がめちゃくちゃに荒らされてたらしい。それだけじゃねえんだ。ジュリアンがかわいがってた捨て猫が六匹も喉を搔っ切られて、血塗れで死んでたってよ」

「ひどいことをしやがる」

更級は憤《いきどお》りを覚えた。

「もうジュリアンは半狂乱だよ。サブマシンガン持って、織部の邸に乗り込むなんて息巻いてる」

「ジュリアンは、しばらく身を隠したほうがいいな」

「おれが熊井を取っ捕まえてれば、そんなことにはならなかったんだろう」

「おまえや芳賀が悪いんじゃない。ホセ・サロンガを死なせてしまったおれがドジだったんだ」

「傷口を舐め合ってたって、仕方がねえな。もう切るぜ」

野尻の声が途切れた。

更級はスマートフォンを懐に戻し、車のエンジンをかけた。

裏通りを低速で進み、新青梅街道に出た。新宿方面に走り、丸山陸橋で環七通りを右に折れる。長洲の自宅は野方にあった。間もなく目的地に着いた。

ごくありふれた仕舞屋《しもたや》だった。更級は、その家の真ん前に車を駐めた。エンジンを切って、あたりをうかがう。筋者らしい人影は見当たらない。

更級は車を降りて、門に近づいた。

インターフォンを鳴らすと、男の幼い声が響いてきた。

「どなたですか?」

「お父さん、いるかな?」

「パパは、きのうからハワイに行ってます」

「そいつは残念だな」

「おじさんは誰ですか?」

「お父さんの古い友達だよ」

「お名前は?」

「いや、いいんだ。また来るよ。そうだ、お父さんはいつ帰ってくるの?」

「ぼくはわからないんだ。ママは多分、知ってると思うけど、まだ会社から戻ってきてないんだよ」

「会社って?」

「パパはクレーン車なんかをリースしてる会社の社長なんだ。ママは専務だよ」

「そいつはたいした出世だ。会社は、どこにあるのかな?」

「おじさん、ほんとにパパの友達なの? パパの会社が大久保にあることも知らないなんて、なんかおかしいよ」

「お父さんとは、もう何年も会ってないんだ。だから、最近のことはよくわからないんだよ」

「そうなの」

「会社の名前、教えてもらえないかな」

「『長洲重機リース』って会社だよ」

「ありがとう。そのうち、会社を訪ねてみるよ」

更級は言って、スカイラインに戻った。

長洲の会社の電話番号を調べ、すぐにコールした。使ったのは私物のスマートフォンだった。先方の受話器が外れ、若い女の声が明るく告げた。

「はい、『長洲重機リース』でございます」

「長洲社長をお願いします」

「社長は、ただいまハワイに出張中です」

「いつ戻られるのかな」

「明後日《あさって》の夕方までには帰国する予定になっております」

「宿泊先は？」

「失礼ですが、どちらさまでしょうか」

「知り合いなんだが、こちらから、また連絡するよ」

更級は電話を切った。

長洲がハワイに出かけたことは事実らしいな。敵は、また何か企んでいるにちがいない。石橋総長の自宅に行ってみることにした。

更級は車を走らせはじめた。羽根木一家の総長の家は、杉並の下高井戸にあった。

数十分で、石橋邸に着いた。

高い塀が張り巡らされ、監視カメラがいくつも据えられている。その上、門の前には部屋住みらしい若い者が見張りに立っていた。迂闊《うかつ》には近づけない。

更級は門の前を通過して、あたりをひと回りした。

それから、邸《やしき》のだいぶ手前で路上駐車した。同じ場所に車を駐《と》めておくと、見張りに怪しまれる。数十分置きに、車を移動させた。

そうしながら、更級は長いこと張り込みをつづけた。

しかし、何も得るものはなかった。十時になったとき、更級は張り込みを打ち切った。国立のボスの邸に車を向けた。

植草邸に着くと、更級は勝手に広い応接間に入った。

芳賀と野尻がポーカーをやっていた。悠子や植草老人の姿はなかった。

更級は、二人に田畑辰一と長洲の関係を話した。すると、芳賀が言った。

「ジュリアンの部屋が荒らされたことを考えると、ひょっとしたら、長洲は生駒さんを……」

「考えられるな。おれ、ハワイに飛ぼうか」

野尻の提案を更級は受け入れなかった。

「生駒の旦那は元刑事だぜ。敵の影に気づかないわけない。まだ助っ人は必要ないだろう」

「あんたって男は薄情だな。だから、おれはエリートが嫌いなんだよ」

「何度言ったら、わかるんだ。おれはエリートなんかじゃないっ」

更級は語気を荒《あら》らげた。

すると、芳賀が目顔で野尻を窘《たしな》めた。野尻は口を尖らせかけたが、何も言わなかった。

「ジュリアンは、わたしの泊まってるビジネスホテルに匿《かくま》いました」

芳賀が野尻の代わりに報告した。

「きみの所なら、安全だろう」

「ほとぼりが冷めるまで、ジュリアンは店に出ないそうです」

「そのほうがいいな。ボスは？」

「風呂に入ってます。そうだ、さっき悠子さんから連絡がありました。今夜は、こちらには来ないそうです」

「そうか」

　更級は短く答え、長椅子に腰かけた。

　数秒後、特殊スマートフォンが鳴りはじめた。生駒からの電話だった。

「ちょいと面白い情報を摑んだよ。例の日系カメラマンから聞いた話なんだが、二カ月前にグロリオ・ディオクノ邸で行なわれたガーデン・パーティーにフィリピンの右派議員たちが大勢参加したらしいんだ。それから、その中に日本の政治家も混じってたって言うんだよ」

「そいつは誰なんだい？」

「まだ、わからないんだ。日系カメラマンはそいつの顔には見覚えがあるようなんだが、どうしても名前が思い出せないって言うんだよ」

「そのカメラマンは、ガーデン・パーティーの写真を撮ってるのか？」

「ああ、盗み撮りしたらしい。それで、これからボブ鈴木に写真を見せてもらうことになってるんだよ」

「ボブ鈴木って、日系カメラマンのことだな？」

「そう。パーティーの写真のネガを手に入れたら、すぐ帰国するよ」

「生駒の旦那、気をつけろよ。羽根木一家の長洲って舎弟頭がそっちに渡ってるんだ」

「やっぱり、そうか」

「というと、尾《つ》けられてる気配があったようだな」

「ああ、きのうあたりからね。もしかすると、その長洲って奴はおれがボブと接触してることをもう摑んだかもしれないな」

　生駒が言った。

「そう思ったほうがいいだろう。日系カメラマンに会うときは充分に気をつけてくれ」

「わかった。もしも身に危険が迫ったら、問題のネガを日本人観光客の誰かに托すことにするよ。ホノルル空港は日本人だらけだからね」

「コルト・コマンダーのコピー拳銃は、どうした？」

「まだ持ってるよ。いざとなったら、あれを使うつもりだ。命中率は低くても、威嚇にはなるだろうからね」

「そうだな、少しは頼りになるだろう」

「更級さん、こっちにもしものことがあったら、チーフの仕事を引き継いでもらえないだろうか」

「縁起でもない冗談だな」

「本気なんだ。どうだろう？」

「考えてみるよ」

更級は生返事をした。

「いま、返事が聞きたいんだ」

「無理を言うなよ」

「あっ、申し訳ない。誰かがドアをノックしてる」

「すぐにドアを開けるなよ。長洲かもしれないからな」

「そうだね。それじゃ……」

生駒が声をひそめて言い、慌《あわ》ただしく電話を切った。

更級は一瞬、何か禍々《まがまが》しい予感を覚えた。胸の不安を打ち消して、特殊スマートフォンを耳から離す。

## 2

胸の奥が疼《うず》いた。

更級は遺影を正視できなかった。いまにも涙腺が緩《ゆる》みそうだ。

瞼を閉じて、合掌する。白い布にくるまれた骨箱には、生駒敬介の遺骨が納められていた。国分寺にある生駒の自宅マンションだった。

三日前の朝、生駒は成田空港のトイレで何者かに刺殺されてしまったのだ。匕首《あいくち》で心臓を貫かれていた。明らかに、プロの手口だった。まだ犯人は逮捕されていない。仇は必ず討《う》ってやる。更級は胸の裡《うち》で誓い、そっと合掌を解いた。小さな祭壇の前には、生駒の妹夫婦が並んでいる。

「このたびは、突然のことで……」

更級は体の向きを変えて、妹夫婦に悔やみの言葉を述べた。

生駒の妹夫婦が無言で頭を垂れる。２ＤＫの部屋には、線香の匂いが濃く立ち込めていた。

だが、淋しい仮通夜だった。僧侶の姿はなかった。弔問客は更級たちチームの仲間だけだった。

「本通夜は明晩、郷里の名古屋で執《と》り行なわれるそうですね」

更級は、生駒の実妹に語りかけた。

「ええ。もう間もなく、ここを出なければ……」

「そうですか。少しだけ時間をいただきたいんですよ。ちょっとお話があるんです」

「なんでしょうか？」

生駒の妹の雅枝《まさえ》が顔を上げた。泣き腫《は》らした目が痛々しかったが、楚々《そそ》とした美人だ。二十八、九歳か。

「ここでは、ちょっと申し上げにくいことなんですよ」

「それでは、あちらでうかがいます」

雅枝がそう言い、ダイニングキッチンの向こう側の部屋を見やった。更級は先に腰を浮かせた。少し遅れて、雅枝も立ち上がる。

更級はダイニングキッチンを斜めに横切り、別の部屋に入った。

六畳の和室だった。すぐに雅枝がやってきて、仕切り襖を後ろ手に閉めた。二人は部屋の中央に腰を落とした。ともに正坐だった。

「お兄さんは刑事を辞めてからのことをどの程度、あなたに打ち明けておられたんでしょう？」

「兄は調査関係の会社に入ったとしか申しませんでした」

「そうですか。実はお兄さん、法務大臣直属の超法規的な組織に属していたんですよ。わたしたちは生駒氏の部下なんです」

更級は、もっともらしく言い繕《つくろ》った。

「いま、超法規とおっしゃられたのでしょうか？」

「ええ、そうです。法律に捉《とら》われない特殊部隊のようなものです」

「それは、スパイのようなものなんですか？」

「いいえ、そうじゃありません。むしろ、私設裁判官とお考えいただいたほうが正確だと思います」

「はあ」

「このところ、お兄さんはある大がかりな陰謀の調査に関わってたんです。そして、不幸にも敵の魔手に……」

「兄を殺したのは、どこの誰なんです？」

「おおよその見当はついています。直《じか》に手を下したのは、おそらく暴力団員でしょう。真の敵はその背後にいる奴だと思います」

「誰なんです、その人物は？　教えてください」

「残念ながら、それがまだはっきりしないんですよ。しかし、敵が巨悪であることは確かです。警察や検察庁にも圧力をかけることのできる人物にちがいありません」

「それでは、兄の死はうやむやにされてしまうんでしょうか？」

雅枝が下唇を噛んだ。更級はひと呼吸の間を取り、静かに言った。

「敵を法で裁くことはできないと思いますが、お兄さんの死を決して無駄にはしません。必ずわれわれの手で、敵を裁きます」

「…………」

「そこで、お願いがあるんです。お兄さんのキャリーケースを検《しら》べさせてもらいたいんですよ。生駒さんはハワイで、重大な手がかりを得てるはずなんです」

「わかりました。兄のキャリーケースを取ってきます」

雅枝が立ち上がり、ダイニングキッチンに移った。更級は息を長く吐いた。

待つほどもなく、雅枝が戻ってきた。キャスター付きの茶色いサムソナイト製のキャリーケースを押していた。

更級はキャリーケースを畳の上に寝かせ、すぐにロックを解いた。中身を入念に検べてみたが、ネガの類《たぐい》は見つからなかった。

搭乗前に日本人観光客に預けたのか。それとも、もう敵の手に渡ってしまったのだろうか。更級は、キャリーケースの蓋を閉めた。

「いかがですか?」

雅枝が訊いた。

「残念ながら、こちらの有利になるような物は何も見当たりませんでした」

「兄は大事な物を小包か何かで日本に送ったんじゃないでしょうか?」

「そうだといいんですがね。ところで、これは組織のボスから預かってきた物です」

更級は上着の内ポケットから、角封筒を抓《つま》み出した。中には、二億円の預金小切手が入っている。

「何なんでしょう?」

「お兄さんの死亡退職金です。近しいご身内の方は、あなただけですね?」

「ええ。もう両親は亡くなっていますし、たった二人だけの兄妹でしたので」

「それでは、あなたにお渡しします。領収証は必要ありません」

更級はそう言い、雅枝の前に角封筒を置いた。雅枝は手を出そうとしない。

「納めていただかないと、こちらが困ります」

「でも……」

「蛇足ながら、決して汚れたお金ではありません。ですから、どうぞご心配なくお納めください」

「それでは一応、預からせていただきます」

雅枝は角封筒を両手で摑み上げ、押しいただくような仕種《しぐさ》をした。しかし、中身を改めようとはしなかった。

生駒と似て、妹も欲がないようだ。更級は、そう感じた。

雅枝が立ち上がって、キャリーケースを部屋の隅に運んだ。それから彼女は、祭壇のある部屋に戻った。

更級は部屋を出て、食堂テーブルの椅子に坐った。

そこには、芳賀、野尻、ジュリアンの三人がいた。三人とも地味な服を着ている。

悠子は、生駒の妹夫婦のそばにいるらしかった。

「チーフの落とし前をつけなきゃな」

野尻が誰にともなく言った。

芳賀とジュリアンがほぼ同時にうなずいた。三人とも涙こそ見せなかったが、深い悲しみと憤《いきどお》りを感じているにちがいない。

「あんた、チーフになってくれよ。やっぱ、船頭はいたほうがいいからな」

野尻が更級に言った。

「みんなに異存がなければ、そうさせてもらおうと思ってたんだ」

「おれには異存はねえよ。あんたのことはいまでもあまり好きじゃねえけど、人を束ねる才覚はありそうだからな」

「あたしも賛成よ」

野尻の声に、ジュリアンの声が重なった。その後、芳賀が二人に同調した。

「それじゃ、一ノ瀬君に異存がなければ、おれがまとめ役をやらせてもらおう」

更級は三人に告げた。そのとき、祭壇のある部屋から生駒の妹夫婦が現われた。雅枝は骨箱を抱えていた。

夫婦の後から、悠子が出てきた。

更級たち四人は腰を上げ、生駒の妹夫婦を玄関まで見送った。ダイニングキッチンに戻ったとき、更級は悠子に言った。

「きょうから、おれがチームのまとめ役をやらせてもらってもいいかな。野尻たち三人は一応、賛成してくれてるんだが……」

「わたしも大賛成よ」

「そうか。ありがとう」

「前チーフの死を悼《いた》んで、みんなで弔《とむら》い酒を飲みましょうよ」

「ああ、飲もう」

「それじゃ、お酒の用意をするわ。ジュリアン、手伝って」

悠子は若いニューハーフに声をかけ、シンクに歩み寄った。

そのすぐ後だった。サイドボードの上の固定電話が鳴った。チームのメンバーが一瞬、顔を見合わせた。

「おれが出よう」

更級は仲間たちに言って、サイドボードに走り寄った。電話をかけてきたのは、ボスの植草甚蔵だった。

「生駒君の妹さんを電話口に出してんか。ちょっと挨拶しときたいねん。本来なら、仮通夜に出んならんのやけど、なんや辛《つら》すぎてな」

「妹さんたちは、たったいま、名古屋に帰りました」

「ほな、後で弔電打っとくわ」

「そうしてやってください。死亡退職金は妹さんに渡しましたんで」

「えろう手間かけたな」

「いいえ。ボス、わたしを処刑班のチーフに任命してください。みんなの同意は、さきほど得ました」

「そりゃ、こっちから頼みたいことや。更級君、生駒君の恨みを晴らしたってな」

「そのつもりです」

「頼むで。そや、肝心なことを忘れるとこやった。ついさっきな、剣持努《けんもちつとむ》いう青年から電話があってん。ホノルル空港の待合室で、生駒君からパトローネと手紙を預かった言うてきたねん」

「やっぱり、そうだったのか」

「帰国したら、ここに連絡するよう生駒君に言われたそうや。すまんけど、写真のネガと手紙を取りに行ってんか」

「わかりました」

　更級は剣持努の連絡先をメモし、すぐに相手に電話をかける。剣持は自宅にいた。

「生駒から預かった物をお持ちだそうですね。生駒の友人の更級と言います」

「そちらの住所を教えていただけますか。預かったパトローネと手紙、明日にでも書留小包で送りますよ」

「勝手を言うようですが、ネガと手紙をすぐ見たいんですよ。これから、お宅にうかがわせてください」

「ちょっと遠いですよ、町田市の玉川学園ですから」

「かまいません。これから、すぐそちらに向かいます」

更級は正確な住所を教えてもらい、静かに電話を切った。メンバーに理由を話し、すぐに部屋を飛び出した。

夕闇が漂っていた。更級はスカイラインを急発進させた。南武線沿いに稲城市まで下《くだ》り、多摩ニュータウンの横を抜けて鎌倉街道に入る。

『ハウス玉川学園』は、閑静な住宅街の外れにあった。

更級はアパートの前の路上に車を駐《と》め、二階に駆け上がった。二〇二号室のドアは細く開いていた。

「剣持さん、さっき電話した者です」

更級はドアを大きく開けた。

部屋の主は見当たらなかった。1DKの室内は、乱雑に散らかっている。茶色のウッディフロアには、靴の痕がくっきりと残っていた。

敵が先回りして、剣持努をどこかに連れ去ったようだ。更級は隣室のドアをノックした。

ややあって、ドア越しに若い女の声が返ってきた。

「どなたでしょう？」

「隣の剣持さんを訪ねてきた者です。剣持さんの部屋で、何か騒ぎがありませんでしたか？」

「剣持さんは、やくざ風の男たち数人にどこかに連れて行かれたみたいですよ」

「男たちは、どっちに行きました？」

「本町田《ほんまちだ》の方へ行ったようです」

「それは玉川学園前駅とは反対方向かな？」

「ええ、そうです」

「ありがとう」

更級は鉄骨階段を駆け降り、車に走り寄った。

運転席のドアを開けかけたときだった。

更級は、背後に人の気配を感じた。その瞬間、耳許で空気の裂ける音がした。振り向くと、金属バットが視界の端に映った。

更級は横に跳《と》んだ。

金属バットが車の屋根を叩く。やくざっぽい若い男が小さく呻いた。両手に痺《しび》れが走ったのだろう。更級は向き直って、足を飛ばした。

風が湧いた。蹴りは男の腹に入った。男はいったん身を折り、すぐさま金属バットを振り被《かぶ》った。

更級は逃げなかった。

相手の内懐に飛び込んだ。左腕で顔面を庇《かば》いながら、右のストレートを繰り出す。パンチは男の眉間に炸裂した。男がのけ反る。両手を高く掲《かか》げる恰好になった。

無防備そのものだった。

更級は、相手の肝臓《キドニー》と顎《チン》にダブルパンチを浴びせた。肉と骨が高く鳴った。

男は操り人形のように体をぎくしゃくと折ってから、後ろに引っくり返った。倒れた瞬間、両脚が大きく跳ね上がった。

更級は数歩踏み込んで、相手の喉笛のあたりを蹴った。軟骨の潰《つぶ》れる音が耳に届いた。

男が凄まじい叫びをあげ、横に転がった。手から金属バットが落ちる。

更級は素早くバットを拾い上げて、男の腰を数度ぶっ叩いた。そのつど、男は高い悲鳴を放った。

アパートから、数人の男女が飛び出してきた。しかし、誰も制止の声はかけてこない。

「剣持努をどこに連れていったんだっ。羽根木一家の事務所か？」

「おれは、知らねえよ。ただ、長洲の兄貴に剣持んとこに来る野郎がいたら、バットでぶっ殺せって言われただけだから」

「なめるなっ」

更級は言いざま、金属バットを男の腹に振り落とした。男が雄叫《おたけ》びに似た声を轟かせ、体を左右に振った。脚は縮こまっている。

「こ、殺さねえでくれ」

「剣持努はどこだ？」

「横浜の外れにある精神科病院に連れてったはずだよ」

「精神科病院⁉」

「う、うん。よく知らねえけど、剣持って奴に何とかって自白剤を服《の》ませるって話だったな」

「病院名を言え！」

「旭区上白根町にある清澄会病院だよ。そこの院長には何でも貸しがあるとかで、無理がきくんだってさ」

「おまえ、成田空港のトイレで、人を殺《や》らなかったか？」

「あの殺しは、おれじゃねえよ。長洲の兄貴が自分でやったんだ」

「そうなのか」

更級は金属バットを遠くに投げ放って、車に乗り込んだ。ルーフが大きくへこんでいたが、ドアはきちんと閉まった。

「おれを病院に連れてってくれよ。このままじゃ、死んじまう。頼む、助けてくれーっ」

男が血の塊を吐きながら、弱々しい声で訴えた。どうやら内臓が破裂したらしい。

更級は取り合わなかった。男は諦めたらしく、アパートに向かって這いはじめた。

メンバーの誰かをアル中患者か何かに化けさせて、精神科病院に潜《もぐ》り込ませるか。

更級はエンジンを始動させて、ヘッドライトを灯した。

3

闇が深い。

午前零時を回っていた。

更級は車のヘッドライトを短く点滅させた。ゴーサインだ。横浜市の郊外にある清澄会病院に面した広い公道だった。

二つの影が病院の高い塀をよじ登りはじめた。

野尻とジュリアンだ。二人とも、黒っぽい衣服をまとっていた。

「芳賀ちゃんが、うまく剣持努を保護室から連れ出してくれるといいんだけど」

助手席で、一ノ瀬悠子が呟いた。

更級は無言でうなずいた。車はボルボだった。生駒が使っていた外車だ。

芳賀がアルコール中毒患者になりすまして、この病院の門を潜ったのは五日前だった。その日のうちに、彼は入院させられた。妻を装った悠子は毎日、偽の夫を見舞う振りをして、院内を嗅ぎ回った。

その結果、剣持は広さ約三畳の鉄格子付きの保護室に入れられていることがわかった。

悠子が芳賀から伝え聞いた話によると、剣持は電気ショック療法を幾度も受け、体が衰弱しきっているらしい。

この療法は患者の脳に百ボルト前後の交流電流を二、三秒、通電する。患者は失神し、全身に強直痙攣《ごうちょくけいれん》が起こる。明らかに、敵の拷問だった。

更級は悠子を通じて、芳賀になんとか剣持を外に連れ出すよう指示した。しかし、監視の目が厳しく、芳賀はなかなか剣持の保護室に近づけなかった。そんな経緯《いきさつ》があって、更級はいささか乱暴な手段を選ぶことにしたのだ。

病院の内庭に火の手が上がった。

野尻とジュリアンが予定通りに、手製の火焔瓶に火を放ったにちがいない。

「行こう」

更級は悠子に言って、先に外に出た。路上に人影はない。すぐに悠子が車を降りた。

そのとき、庭で爆発音がした。ガソリンを詰めたワイン壜が爆《は》ぜたのだろう。病棟に電灯が灯《とも》った。更級と悠子は庭木の多い場所まで走り、塀を乗り越えた。右手の病棟のあたりに、いくつも橙色《だいだいいろ》の炎が見える。

二人は建物の裏に回り込んだ。誰にも見咎《とが》められなかった。調理室のドアのガラスをライター型の超小型バーナーで焼き切り、更級たちは建物の中に忍び込んだ。

遠くで、怒号や泣き叫ぶ声がする。二人は廊下に出た。

「芳賀はどこにいるんだ？」

更級は歩きながら、悠子に小声で訊いた。

「東病棟の保護室にいるはずよ」

「急ごう」

二人は小走りになった。

少し行くと、右側に東病棟の入口があった。鉄格子が嵌《は》まっていた。刑務所とほぼ同じ造りだった。だが、鉄の扉は開け放たれている。

更級たちが東病棟に入ったとき、前方から誰かが走ってきた。芳賀だった。

「男の看護師をやっつけるのに、ちょっと手間取ってしまいまして」

「剣持の保護室に案内してくれ」

「こっちです」

芳賀が先に立って、勢いよく駆けはじめた。更級たちは追った。

剣持のいる保護室は、二階の中ほどにあった。

動物園の檻に似た造りだった。ひどく暗い。窓はなかった。異臭もする。看護師の姿は見当たらない。

更級たち三人は、その保護室の前で足を止めた。

檻の中を透かして見る。正面の壁に凭《もた》れて、若い男が坐り込んでいた。

その横には、水洗トイレがあった。長方形の穴が穿《うが》たれているだけで、囲いは何もない。鉄の扉は施錠されていた。

「きみは剣持努君だね？」

更級は声をかけた。

だが、返事はなかった。相手はうつけた表情で、ぼんやりと見返してきたきりだった。

「おれたちは生駒の仲間だよ。ハワイで生駒から預かった物は、どこにあるのかな。教えてくれないか」

「………」

剣持は答えない。綿ネルの薄汚れた寝間着の襟許を意味もなくしきりに掻き合わせている。目の焦点は定まっていなかった。

「ロボトミー手術でもやられたのかしら？」

悠子が呟くと、芳賀が口を開いた。

「ロボトミーは何十年も前に流行《はや》った手術で、いまはこの病院でもやってないんだ。おそらく彼は、かなりの量のナーベンを服《の》まされたんだろう」

「ナーベン？」

「向精神薬だよ。わたしも服《の》まされたんだ。その種の薬を多量に服まされると、頭が朦朧《もうろう》として、足腰が立たなくなるんだよ」

「あなたも、彼のようになったの？」

「いや。わたしはすぐに錠剤を吐き出したから、あんなふうには一度もならなかった」

「そうなの」

「チーフ、とにかく剣持を病院から連れ出しましょう」

芳賀が言った。

更級はうなずき、ショルダーホルスターから自動拳銃《オートマチック》を引き抜いた。グロック32のスライドを引き、初弾を薬室に送り込む。芳賀と悠子が心得顔で、後方に退《しりぞ》いた。跳弾を避けるためだった。

更級も数メートル後退して、グロック32の引き金を絞った。

重い銃声が反響し、火花が散った。鉄錠の欠片《かけら》も舞った。

芳賀が鉄扉《てっぴ》を開け、保護室の中に入った。

剣持が反射的に立ち上がった。煮しめたような毛布を摑み、それを芳賀に投げつけた。

芳賀は意に介さなかった。まっすぐ突き進み、剣持に当て身を喰らわせた。

剣持が呻いて、屈み込む。芳賀は剣持を抱きとめ、軽々と肩に担ぎ上げた。

そのとき、廊下にいくつかの靴音が響いた。銃声を聞きつけて、男の看護師たちがすっ飛んできたらしい。

「ひとまず、この病棟から出よう」

更級は鉄の扉を潜り抜けた。後から、悠子たちがついてくる。

全員が鉄格子の外に出たとき、三人の男が駆け込んできた。看護師たちだった。

「おまえたち、こんな所で何をしてるんだっ」

男のひとりが詰《なじ》った。更級は男たちに銃口を向けた。

三人は一斉に後ずさった。一様《いちよう》に頬が引き攣《つ》っている。

「当直医はどこにいる？」

「今夜は二人の先生が当直ですけど、いまはどちらもいません。近くのコンビニエンストアに夜食を買いに行かれたんです」

四十絡《がら》みの眉の濃い男が答えた。

「いい気なもんだな。医者は、そいつらだけしかいないのか？」

「いいえ、副院長が仮眠室にいます」

「あんたに案内を頼もう。ほかの二人は、しばらくおとなしくしててもらいたい」

更級は振り返って、悠子に目で合図した。悠子が男たちに接近していく。

三人の男は立ち竦んだまま、じっと動かない。

悠子は真ん中の眉の太い男を軽く押しやると、左右の男たちの首筋に手刀《しゅとう》を叩き込んだ。二人の男が頽《くずお》れる。

「それじゃ、案内してくれ」

更級は四十年配の男に言った。男が怯《おび》えきった目でうなずき、せかせかと歩きはじめた。

仮眠室は一階の西の端にあった。室内には、スモールランプが点《つ》いていた。

更級は、ベッドでいぎたなく眠りこけている副院長を乱暴に揺り起こした。五十歳前後の脂《あぶら》ぎった男だった。

「何だね、きみらは！」

副院長が跳ね起きた。拳銃に気づき、低く呻いた。

「剣持努を診察したのは誰なんだ？」

「佐伯《さえき》院長ご自身が診《み》たんだよ。それがどうしたって言うんだっ」

「院長の診断はどうだったんだ？」

更級は訊いた。

「佐伯院長は剣持努を分裂病《パラノイヤ》と診断し、わたしに電気ショック療法をやるようにと……」

「それだけじゃないだろうが！」

「むろん、投薬もしたさ。ナーベン、セレネース、プロピタンをそれぞれ三百ミリずつね。ちょっと量が多いようだが、剣持努はひどい興奮状態がつづいてたもんだからね」

「それも院長の指示だったのか？」

「うん、まあ」

「剣持努の精神に異常はないはずだ。院長はそれを知ってて、わざと彼を精神病患者に仕立てた。当然、あんたもそのことに気づいてたんだろうが！」

「いや、それは……」

副院長は口ごもった。狼狽の色がありありとうかがえる。

「剣持をここに連れ込んだのは羽根木一家の者だな？」

「そこまではわからんけど、あまり柄のよくない連中だったよ」

「佐伯院長はどんな弱みを握られてるんだ？」

「わたしは何も知らない」

「いや、その顔は何もかも知ってる面《つら》だな。ベッドから出ろ！」

更級は命じた。副院長は素直に従った。ワイシャツとスラックスは皺《しわ》だらけだった。

「わたしをどうする気なんだ？」

「診察室に行こう」

「えっ、診察室だって⁉　いったい何を考えてるんだっ」

「すぐにわかるさ」

更級は副院長に短く答え、眉の濃い看護師に言った。

「あんた、案内してくれるな？」

「は、はい」

男が神妙な顔で答え、真っ先に仮眠室を出た。

更級は副院長を拳銃で脅しながら、診察室に向かった。

数歩あとから、悠子たちが従いてくる。診察室は一階のほぼ中央にあった。

廊下を看護師たちが駆け回っていたが、彼らは別に怪しみもしなかった。副院長の客だと思ったのだろうか。

更級は、副院長と男性看護師を診察室に押し込んだ。広くて、割に清潔だった。芳賀が肩から剣持努を下ろし、診察台の上に仰向けに寝かせた。悠子は出入口に立った。見張り役だった。

「院長に頼まれて、あんたは剣持に自白剤を服《の》ませたんじゃないのか?」

更級は副院長に言った。

「自白剤など服ませちゃいないよ」

「それじゃ、逆だな。向精神薬を大量投与して、剣持努の記憶力を低下させたんだろう」

「ばかな! 医者がそんなことをするわけないじゃないか」

「シラを切る気なら、こっちにも考えがあるぞ。ここに坐れ!」

更級は副院長を患者用の円《まる》椅子に腰かけさせ、眉の濃い看護師のそばまで歩いた。

「あんた、患者に電気ショック療法をしたことがあるんだろ?」

「ええ、先生方に頼まれて何度もやってます」

「それじゃ、扱いには馴《な》れてるな。電撃療法器を用意してくれ」

「は、はい」

看護師が続き部屋に駆け込み、箱型の器械を持ってきた。副院長が、ぎょっとした顔つきになった。

更級は看護師に耳打ちした。

「電極板を副院長のこめかみに宛《あ》てがえ！」

「そ、そんな……」

「痛い目に遭《あ》いたいのかっ」

「やります、やります」

看護師が震え声で言って、副院長のこめかみに平たい電極板をセットした。まだ放電スイッチは入っていなかったが、副院長は飛び上がりそうになった。顔面蒼白だった。

「おとなしく坐ってろ」

更級は、副院長の後頭部にグロック32の銃口を押しつけた。

「知ってることは何でも教えるよ。だから、スイッチは入れないでくれ」

「いい心がけだ。羽根木一家の者が剣持をここに連れ込んだとき、佐伯だけが診察に当たったんだな？」

「そ、そうだよ。でも、男たちが院長のそばにいた。わたしは診察室から廊下に出されてしまったんだ」

「それでも、中の様子が気になったんだろう？」

「うん、まあ。それで、しばらく聞き耳をたててたんだ。男たちは、剣持努を代わる代わる殴りつけてたようだったよ。それから男たちは『ハワイで預かった物はどこにある?』としつこく訊きはじめた。だけど、剣持は泣き叫ぶだけだったよ」

「それで?」

「少し経《た》ってから、男のひとりが院長に『こいつに電気ショックをやれ』って命じたんだ。院長は言われた通りにした後、わたしに向精神薬を多量に与えろと……」

　副院長が答えた。

「佐伯は、羽根木一家にどんな弱みを握られてるんだ? 今度は話してくれるなっ」

「ああ、言うよ。うちの院長は、治る見込みのない患者に神経系の新薬の人体実験をしたことがあるんだ。もちろん、製薬会社でちゃんと小動物実験を済ませた試薬なんだがね」

「あんたも人体実験に加わったのか?」

「わたしが関わったのは、明和製薬が開発した抗鬱剤《こううつざい》だけだよ。しかし、佐伯院長は個人的に各社の神経系の試薬を患者に投与してたんだ」

「佐伯には当然、製薬会社から、それなりの謝礼が支払われたんだろう?」

「ああ、かなりの額の礼金がね。院長を庇うわけじゃないけど、精神病院の経営は楽じゃないんだよ。投薬の水増しや保険のごまかしくらいじゃ、とてもとても……」

「心を病んでる者だって、人間なんだ。モルモットじゃないっ。あんたも佐伯も腐りきってる」

「そうかもしれないね」

「結局、佐伯は製薬会社から貰った謝礼をそっくり羽根木一家の奴に毟《むし》り取られたわけだな」

更級は確かめた。

「ああ、長洲とかいう男に〝研究費〟をそっくりたかられたようだよ」

「研究費だと？　笑わせやがる」

「院長はばかだよ。最初に長洲の脅しを撥《は》ねつけてれば、こんなことにはならなかったのに」

「佐伯の家はどこにあるんだ？」

「横浜市緑区の青葉台に住んでる」

副院長は、佐伯院長の自宅の正確な住所と電話番号を明かした。近くにいる芳賀が、それらを手帳に書き留めた。

「剣持はこのまま、惚《ぼ》け状態がつづくのか？」

「薬が切れれば、自然に元に戻るさ。少々、記憶が悪くなってるかもしれないがね」

「あんたも、少し惚けたほうがいいんじゃないのか」

更級はにっと笑い、看護師に顔を向けた。目顔で、スイッチを入れろと伝える。眉の太い男がためらいがちに放電スイッチボタンを押した。

「ううっ」

副院長が全身を震わせはじめた。すぐに頭ががくりと後ろに垂れ、手脚が強張った。気絶するまで、わずか数秒しかかからなかった。

看護師が放電スイッチを切った。

更級は看護師に近寄り、銃把の角で頭頂部を打ち据えた。男は呻いて、その場に倒れた。俯《うつぶ》せだった。

「引き揚げよう」

更級は二人の部下に言った。

ふたたび芳賀が、剣持努を肩に担いだ。悠子が診察室のドアを開ける。更級は拳銃を構えて、廊下に走り出た。人影はなかった。

更級たちは建物の外に出た。

野尻とジュリアンが内庭に男女の看護師たちを集め、ナイフや拳銃で威嚇《いかく》していた。門扉《もんぴ》は大きく開けられている。

更級たちは先に表に出た。

車の後部座席に剣持と芳賀を押し込み、更級は運転席に腰を沈めた。エンジンを唸らせたとき、助手席に悠子が乗り込んできた。

更級は大型車をスタートさせた。

少し走ってから、ルームミラーを仰いだ。野尻の運転する四輪駆動車が追尾《ついび》してくる。助手席には、ジュリアンの姿があった。

「佐伯の自宅に電話してくれないか」

更級はステアリングを切りながら、後部座席の芳賀に言った。芳賀が私物のスマートフォンで佐伯院長に電話する。

スリーコールで、電話は繋がった。

「病院のスタッフです。緊急事態ですので、院長先生をお願いします」

芳賀が相手に告げてから、スマートフォンを差し出した。更級はスマートフォンを受け取って、耳に当てた。

少し待つと、嗄《しゃが》れた男の声が響いてきた。

「病院で何かあったのか？」

「佐伯だな？」

更級は確かめた。

「そうだが、きみは誰なんだ⁉」

「新薬の人体実験のことをマスコミに知られたくなかったら、質問にきちんと答えるんだな」

「わ、わかった」

「剣持努は写真のネガについて、長洲たちには何も喋ってないんだな？」

「わたしの知る限りでは、何も喋ってないよ。長洲たちは剣持君のアパートを家捜ししたようだが、目的の物はついに見つからなかったそうだ」

佐伯が答えた。

「それで長洲は、あんたに『剣持を廃人にしろ』と言ったわけか？」

「はっきりとそう言ったわけじゃないが、そのようなニュアンスのことを……」

「明日からは、真っ当な医療活動に専念するんだな。また妙なことをやりだしたら、あんたは医師の資格を失うことになるぞ。わかったな！」

更級は念を押して、電話を切った。

「ネガは敵の手には渡ってないのね？」

悠子が問いかけてきた。

「ああ」

「それじゃ、部屋のどこかにあるのかもしれないわね」

「そうだな」

更級は言った。そのとき、後部座席で芳賀が気合を発した。どうやら芳賀は、剣持努に活《かつ》を入れたらしかった。

剣持が息を吹き返して、間延びした声をあげた。

「あんたたち、誰なの？」

「おれたちは生駒の仲間だよ。おれが、きみに電話をした更級だ」

「生駒？　更級⁉　頭がぼんやりして、よく思い出せないな」

「きみはハワイで、生駒って男からパトローネと手紙を預かったはずなんだ。おれがそれを取りに行く前に、やくざがきみの部屋に押し入ったんだよ」

「そんなことがあったような気もするけど」

「まだ頭が混乱してるようだな。落ち着いて、ゆっくり思い出してくれ。おれたちは、きみの味方なんだ」

「ぼくをどこに連れて行くんです？」

「玉川学園に向かってるんだ。そこに、きみのアパートがあるんだよ」

「そうなんですか。どうもよくわからないんですよ」

「いまは何も考えないほうがいいな」

更級は穏《おだ》やかに言って、車のスピードを上げた。剣持努はウインドーシールドに顔を寄せ、窓の外を熱心に眺めはじめた。

「まだ向精神薬が効《き》いてるのかしら？　それとも、拷問のショックが尾を曳《ひ》いてるのかな」

悠子が呟いた。その声には、労《いたわ》りが込められていた。

やがて、車は町田市内に入った。玉川学園五丁目に差しかかると、不意に剣持が大声をあげた。

「このへん、よく知ってますよ。そうだ、ぼくの住んでる町だ」

「ようやく意識がはっきりしてきたようだな」

更級は言って、剣持の次の言葉を待った。

「そうそう、この通りをまっすぐ行くんだ。それで三つ目の角を曲がると、ぼくのアパートがあるんです」

「アパートの名は？」

「えーと、『ハウス玉川学園』だったかな」

「そうだよ。それじゃ、生駒って名前に聞き憶えは？」

「生駒、生駒、生駒……。あっ、ホノルル空港でぼくに十万円くれた男性《ひと》だ」

「やっと思い出してくれたか。きみは、生駒から何か預かってるはずなんだがな」

「ええ、預かってますよ。写真のネガと手紙をね」

「それ、どこにある？」

「アパートのドア・ポストの中に入ってるはずです。ぼくが入れたんですよ」

「なぜ、そんな所に？」

「ヤーさんみたいな連中が押しかけてきたんで、とっさに預かった物をドア・ポストに入れたんですよ」

　剣持が言った。

「そうだったのか。きみは男たちにネガや手紙のことをしつこく訊かれたんだろう?」

「ええ。でも、空とぼけました。だって、生駒って人との約束を守らなかったら、貰ったお金、なんか気持ちよく遣《つか》えないでしょ?」

「若いのに、きみは律儀なんだな」

「ぼく、おばあちゃんっ子なんですよ。小さいころから、人の道を教え込まれてきました。リンチされたときはすごく怖かったけど、約束は約束ですからね」

「きみは誠実なんだね。その気持ちをずっと持ちつづけてほしいな」

　更級はハンドルを切った。

　少し走ると、『ハウス玉川学園』が見えてきた。アパートの前で車を停め、更級は剣持努とともに外に出た。

「ここだ、ここだ」

　剣持が子供のようにはしゃぎ、自分の部屋に駆けていった。

　更級は鉄骨階段をゆっくりと上がった。

「ありましたよ、両方!」

剣持がドア・ポストを改めて、嬉しそうに言った。更級はパトローネと封書を受け取った。

外廊下は照明で明るかった。更級は、生駒の手紙を読みはじめた。


ポイントだけを書く。

ボブ鈴木の話によると、ディオクノのガーデン・パーティーに出席していた国会議員は民自党の荻上官房長官のようだ。荻上は森脇総理の懐刀だったので、つい見落としてしまったが、政財界要人の暗殺依頼人は彼なのかもしれない。

パトローネに入っているネガを急いで現像してみてくれ。パーティー客の中に、荻上官房長官の姿が混じっていることを祈る。

残念ながら、死んだ元大統領の夫人が交換暗殺に関与していたのかどうかは、ついにわからなかった。しかし、ディオクノとマセリレが事件に絡んでいることは、もはや疑いの余地はない。

当方が無事に帰国できなかったときは、チームのみんなでぜひ真相を突きとめてもらいたい。そして予定通りに、首謀者を闇に葬ってくれないか。

生駒敬介

ホテルの便箋に記された走り書きは、いくぶん不揃いだった。

生駒は敵の影に怯えながら、これを書いたにちがいない。更級は、思わず目頭が熱くなった。

「これで、ぼくは役目を果たしたんでしょうか？」

剣持が話しかけてきた。

「ああ、充分に果たしてくれたよ。改めてお礼を言おう。ありがとう。これで悪党どもを追いつめることができそうだ」

「あなた方は、特捜検事か何かなんでしょ？　ぼく、法学部の学生なんですよ。検事か弁護士になれたら、もう最高ですね」

「残念ながら、法は無力だよ」

更級は言って、剣持に背を向けた。

## 4

レンズの倍率を上げる。

最大だった。池の錦鯉の斑点までくっきりと見えた。

更級は、双眼鏡をゆっくりと横に動かした。

広い庭に人の姿はない。多摩市桜ヶ丘にある荻上官房長官の自宅だ。敷地は千坪はありそうだった。

更級は、荻上邸の近くにある賃貸マンションの一室にいた。九階だった。きのう、張り込み用に借りた部屋だ。間取りは1LDKだった。

パトローネを手に入れた日から、ちょうど一週間が流れていた。ネガには、荻上官房長官の顔が鮮明に写っていた。それだけではなく、もっと貴重なフィルムが混じっていた。織部、荻上、ディオクノ、マセリレの四人がフィッシング・クルーザーでトローリングを愉《たの》しんでいる写真もあったのだ。

こうして更級たちは、荻上官房長官を徹底的にマークすることになったのである。すでに荻上家の電話引き込み線には盗聴器を仕掛けてあった。音声電流は電波化され、FMラジオで受信できる。

更級は目から双眼鏡を離し、白いレースのカーテンをぴたりと閉ざした。

居間に戻ると、悠子が振り返った。彼女はカーペットに坐り、FM受信機を抱え込んでいた。荻上家の電話は、すべて盗聴できるように周波数を合わせてあった。

「敵の動きはどう？」

悠子が問いかけてきた。

「別に変わりはないよ」

「そう。荻上はいま、選挙区の県知事と会ってるはずよ。きょうは、ずっと家にいるつもりなのかもしれないわ」

「そうだな」

更級は、悠子のかたわらに坐り込んだ。

部屋には、二人しかいなかった。野尻は織部邸の近くで、盗聴器にしがみついているはずだ。芳賀は石橋総長の自宅をマークし、ジュリアンは菊心会館の前で張り込んでいる。

「家具のない部屋って、なんだかうら悲しいわね」

悠子がそう言い、居間を眺め回した。応接セットもリビングボードもない。

「こういう殺風景な部屋って、おれは嫌いじゃないね。現代人は身の回りにいろんな物を集めすぎてる」

「そういう傾向は確かにあるわね」

「人間にとって、本当に必要な物は案外、少ないんじゃないか」

「まるで世捨て人の台詞みたいね。あなたって、ちょっと変わってるわ。でも、それが魅力なのかもしれない」

悠子がそう言って、まっすぐに更級を見つめてきた。その眼差しは熱かった。

更級のなかで、不意に何かが息吹いた。彼は悠子の肩に手を掛けた。悠子がほほえんだ。匂うような微笑だった。

更級は、悠子を抱き寄せた。

悠子が瞼を閉じる。更級は唇を重ねた。ルージュが馨《かぐわ》しい。更級は唇を強く吸った。

悠子の腿《もも》の上からFM受信機が転がり落ちた。

更級は舌を差し入れた。

悠子が熱く舌を絡めてくる。ひとしきり、舌と舌が戯《たわむ》れ合った。更級は唇を合わせたまま、悠子を柔らかく押し倒した。

悠子の艶やかな髪が散った。

更級は斜めにのしかかり、悠子の体をまさぐった。思いのほか肉感的だった。どうやら着痩せするタイプらしかった。

「脱ぐわ」

悠子が更級の耳許で甘く囁いた。息が熱い。

「男の愉《たの》しみを奪うなよ」

「それじゃ、脱がせて……」

「わかった」

更級はふたたび悠子の唇を塞《ふさ》ぎ、衣服を一枚ずつ剝《は》いでいった。心弾む作業だった。

悠子は更級の髪や首筋を撫でながら、狂おしげに舌を閃《ひらめ》かせつづけた。

更級はキスを中断させた。悠子の裸身を眺める。肌が抜けるように白い。肌理《きめ》も濃《こま》やかだ。

二人は前戯に時間をかけてから、裸身を重ねた。正常位だった。更級は強弱をつけながら、腰を躍動させた。

やがて、先に悠子が極みに昇りつめた。それを追う形で、更級も果てた。二人は一つになったまま、余韻に身を委《ゆだ》ねた。

「わたしたち、あの世に行ったら、生駒さんに怒られそうね。仕事中にこんなことをしてるんだから……」

悠子が、いくぶん照れた顔で言った。その眦《まなじり》には透明な雫《しずく》が溜まっていた。悦《よろこ》びの涙だ。

「さて、仕事に戻るか」

更級は軽い調子で言って、悠子から体を離した。悠子は自分の衣服を掻き集めると、浴室に向かった。妙なことになった。

更級は微苦笑して、身繕いに取りかかった。

後悔はしていない。悠子は、もう成熟した女だ。たとえ二人の仲がより深まらなくとも、それはそれで仕方がないことだ。男と女のことは、成り行きにまかせればいい。

服を着終えると、更級は胡坐《あぐら》をかいた。

倒れたＦＭ受信機を起こし、マールボロに火を点けた。窓の外は、いつしか薄暗くなっていた。浴室から、湯の弾ける音がかすかに響いてきた。

更級は煙草をゆったりと喫《す》った。

情事の後の一服は、格別にうまかった。短くなった煙草の火を灰皿の中で揉み消したとき、ＦＭ受信機から音声が洩れてきた。セットしたテープが自動的に回りはじめた。

更級は耳に神経を集めた。


――織部さんですね?

――やあ、官房長官。何か急用かな。

――近くに誰もいらっしゃらないでしょうな?

――心配ご無用じゃ。わしはいま、専用のサウナに入ってるんだ。

――それでは申し上げます。〝王将〟は、いつ消していただけるんです? それが、わたしの最終目標ですからね。

――何も無理をしなくてもいいと思うがね。森脇総理の政治生命は、そう長くはないよ。現に子飼いの連中が密かに反旗を翻《ひるがえ》しとるじゃないか。きみが分派しても、もはや森脇は何もできんさ。

――織部さん、それじゃ、約束が違うじゃないですかっ。わたしは〝王将〟の暗殺をお願いしたはずですよ。あなたに差し上げた謝礼だって、わたしにとっては大変な……。

――あの十億だって、どうせ表面には出せない政治献金なんだろう？

――それはそうですが、結局、あのお金をあなたは丸々浮かせたわけでしょう？　ディオクノたちとバーター取引をしたわけですから。いや、その上、あなたは巨大観音像を建立して多額の寄附金を集めて……。

――きみは言いにくいことをはっきり言う男だな。わしは大勢の人間を抱えてるんで、何かと物要《い》りなんだよ。

――わたしは謝礼のことで、とやかく言っているわけではありません。

――わかっとる、わかっとるよ。わしも男だ。約束したことは必ず守るよ。しかし、いまは時期が悪い。いま、森脇を葬るのは墓穴を掘るようなもんだ。

――検察や警察の抑えが緩《ゆる》みはじめたんですか？

――いや、そのほうは心配いらんよ。きちんと手を回してある。そう遠くないうちに、田畑なにがしって男が正式に起訴されることになるだろう。

――いったい何を恐れているのです？

――正体のはっきりしない組織が、われわれの身辺を嗅ぎ回っとるんだよ。

――本当ですか⁉

――ああ。いま熊井が羽根木一家の連中や内閣調査室のスタッフを使って、密かに調べさせてるところだ。

――もし手が足りないようでしたら、警察関係各庁に働きかけてもかまいませんが。

――荻上君、それはまずい。きみはシナリオ通りに、ポーカーフェイスのままでいてくれ。旭光建設の社長が暗殺されたときのように、名演技をする必要はないがね。

――織部さん、そういうことを口にするのは慎《つつし》んでください。

――そう神経質になりなさんな。それにしても、きみは相当な策略家だね。森脇の忠犬のような顔をして、裏ではとんでもないことを考えとるんじゃから。

――腹黒いことじゃ、森脇《オヤジ》にはかないませんよ。森脇は大和田派の大番頭の近石を差し置いて、『若獅子会』をこしらえたんですからね。

――裏切り者は、また誰かに裏切られるってわけか。

――それが政治の世界だということは、織部さんがよくご存じでしょう。

――それにしても、きみはかなりの悪党だよ。

――織部さんと較べたら、わたしなどはかわいい気のある小悪党です。

――こりゃ、ご挨拶じゃな。はっはっは。

――織部さんはわたしからだけではなく、ディオクノたちの企みが成功したら、フイリピンでも昔のように利権を漁《あさ》るおつもりなんでしょう？

――おいおい、それは誤解じゃよ。フィリピンのほうの話は、単に欲得だけで協力してるんじゃないんだ。

――本当ですかねえ。

――疑い深い男だ。わしは、いまの政権に危惧《きぐ》を抱いとるんじゃよ。あのままじゃ、あの国はしまいに共産勢力の手に落ちることになるだろう。そうさせたくないから、ディオクノやマセリレの巻き返し計画に手を貸してるんだ。イメルダはすっかり弱気になってしまったから、もう頼りにならん。

――そういうことにしておきましょう。

――きみは、どこまで疑い深い男なんだ。単に利権漁りが目的なら、タイの王室や政府高官に接近したほうがはるかに旨味がある。

――もうタイの利権は、あらかた貪《つ》り尽くしたんじゃありませんか？

――喰えん奴だ。きみには呆《あき》れるわ。

――誉め言葉と受けとめておきます。

――二の句がつげんよ。それぐらいだから、森脇派の煙たい幹部連中を消して、自分が派閥を乗っ取る気になったんじゃろうがね。そんなことまでして、総理の椅子につきたいもんかねえ。

——国会議員なら誰でも、一度は頂点まで昇りつめたいと考えるものですよ。もちろん、それなりの苦労もあるでしょうけどね。

——わしには、政治家の気持ちがわからんよ。きみらは表舞台に立ってるが、所詮、猿回しに操られとる猿と同じだ。日本の政治を実際に動かしてるのは、民自党の九人の長老とそれから……。

——ええ、織部さんのような方たちですよね。そのことは、よくわかっています。それでも、わたしは表舞台でスポットライトを浴びたいんですよ。

——哀しい業《ごう》だね。よし、きみの望みは必ず叶えてやろう。

——よろしくお願いします。くどいようですが、国民やマスコミの目が大和田派の近石に向けられるように……。

——むろん、そのへんはうまくやる。近石がかつての小番頭の森脇に復讐したという筋書き通りに事を運ばせるさ。

——話が前後しますが、さきほどの正体不明の組織のことですが、少しは手がかりがあるのでしょうか？

——うん、少しはな。かつて相場師として鳴らした植草甚蔵が、おかしな連中を集めてるって情報が入ってきとる。

——おかしな連中といいますと？

——元検事だの、傭兵上がりといった奴らしい。植草がただの殺し屋集団を結成したとは思えんから、ひょっとしたら、私設処刑軍団でもこしらえたのかもしれんな。

——そうだとしたら、一刻も早く手を打たなければ……。

——心配せんでもいい。近々、わしがおかしな組織を叩き潰《つぶ》してくれるわ。

——ぜひ、そうしてください。

——ああ。それはそうと、来週、ディオクノとマセリレがお忍びで日本に来るんじゃよ。

——そうなんですか。ミトラは？

——一緒に来るそうじゃ。ホテルやわしの自宅に泊めるのは目立つから、志摩のわしの島に滞在させるつもりなんだ。きみも一度、顔を出してくれんか。ハワイでは、ディオクノに金髪娘を世話してもらったんじゃろ？

——織部さんに隠し事はできませんな。なんとか都合をつけて、挨拶にうかがいましょう。

——うん、頼む。細かいことは熊井を通じて、きみの第一秘書に連絡する。

——わかりました。それでは、これで失礼します。

電話が切られた。

密談が熄《や》み、録音テープが自動的に停まった。

織部典生は、自分の正体をほぼ見抜いているようだ。まさか『牙』の中に、敵のスパイが紛れ込んでいるのかもしれない。

更級は、背筋がうそ寒くなった。

録音音声を再生しようとしたとき、浴室から悠子が戻ってきた。きちんと衣服をまとい、ルージュを引いていた。

「いま、荻上と織部の密談を録《と》ったよ」

「ほんと⁉」

「ああ。いま、聴かせよう」

更級は再生ボタンを押し込んだ。

荻上と織部の遣り取りが流れはじめた。悠子がＦＭ受信機のそばに坐り込んだ。横坐りだった。淡いピンクのペディキュアが美しい。

更級は煙草をくわえた。

悠子は真剣な表情で、じっと耳を傾けている。マールボロを二本灰にしたとき、音声が途切れた。

「やっと証拠を摑んだわね」

「ああ。寄附金集めの推理は外れたが、大筋は間違ってなかった」

「ええ。交換暗殺を思いついたのは織部だったのね。でも、荻上も同罪だわ。それから
デイオクノやアントニオ・マセリレも赦《ゆる》せない」

「四人とも処刑しよう」

「ええ。ねえ、植草のおじさまや情報収集班のみんなをどこかに避難させたほうがいいんじゃない？」

「そうだな。敵がおれたちのアジトを突きとめるのは、時間の問題だろうからな」

「海外旅行でもさせちゃう？」

「悪くないアイディアだな」

「それじゃ、さっそく本部に連絡しておくわ」

悠子がバッグから特殊スマートフォンを摑み出した。

来週中には決着をつけてやる！　更級は胸中で吼《ほ》えた。

# 終章　炎の十字架

島影が迫った。

熊野灘《なだ》に浮かぶ小さな島だ。周囲は三キロに満たない。島の所有者は織部典生だった。

更級は、セレクターを後進《アスターン》に切り換えた。

スクリューが反転して、十数トンの漁船が身震いする。きのうの午後、紀伊長島の鄙《ひな》びた漁港で借り受けた小型船だった。

船が停止した。

芳賀が錨《アンカー》を海中に落とす。揺れが収まった。海は穏やかだった。べた凪《な》ぎに近い。波頭は、ほとんど見えなかった。

すでに陽が落ち、淡く星が瞬《またた》きはじめていた。近くに漁船の影は見当たらない。

「島に波止場があって、高速艇が二隻横づけされてるわよ」

ジュリアンが女言葉で言った。彼は甲板に立って、暗視望遠鏡《ノクト・スコープ》を覗いていた。

更級は機関室を出て、船尾にいる野尻と悠子を呼んだ。

二人はすぐにやってきた。どちらも、黒っぽいウエットスーツ姿だった。

「それじゃ、予定の行動に移ってくれ」

更級は二人に指示した。

野尻と悠子が、ほぼ同時にうなずいた。

二人は手早く足ひれ《フィン》をつけ、十二リットルの酸素ボンベを二本ずつ背負った。

悠子の突き出た胸が息づくように弾んでいる。さすがに緊張しているようだ。

野尻がウエイトベルトに防水ポウチを括《くく》りつけた。その中には、高性能のプラスチック爆弾が詰まっている。

更級たちは、まず敵の足を奪う段取りだった。悠子が腰にシーナイフと超小型の水中銃《スピア・ガン》を吊るした。水中銃は特別誂《あつら》えだった。

「気をつけてな。決して無理はするなよ」

更級は二人の部下の肩を叩いた。

野尻と悠子が空気自動調節器《エア・レギュレーター》のホースを点検し、呼吸器《マウスピース》を口にくわえた。準備完了だ。ジュリアンと芳賀がロープで吊った水中スクーターを一基ずつ静かに海に下ろした。

悠子たちが舷《ふなばた》から海に飛び込み、それぞれ自分のスクーターに近づいていく。二人はロープをほどくと、スクーターを抱きかかえるようにして海の底に沈んでいった。

「ノクト・スコープを貸してくれ」

更級は、ジュリアンに声をかけた。

ジュリアンが暗視望遠鏡を差し出した。彼は、いつになく凛々《りり》しく見える。化粧っ気はなかった。青いバンダナで前髪を押さえていた。

更級は機関室の横まで歩き、ノクト・スコープに片目を寄せた。

赤外線の働きによって、闇が透けて見える。

小さな波止場に一台のモーターボートが近づきつつあった。大型ボートだ。

船体は純白だった。高いフリーボード付きだ。船室《キャビン》は割に大きい。調理台《ギャレイ》も備えていそうだった。エンジンも二百五、六十馬力はあるのではないか。高速で逃げられたら、お手上げだ。野尻たちがあのボートも爆破してくれると、助かるのだが……。

波止場に人が群れはじめた。いずれも、柄の悪い男たちだった。羽根木一家の若い者だろう。

大型ボートが接岸した。

コックピットから、ヨットパーカを羽織った熊井が現われた。つづいて、色の浅黒い初老の男たちが姿を見せた。

ディオクノとマセリレだった。ともに、コートを着込んでいた。ミトラらしい男が後ろから姿を現わした。

熊井たち四人は人相のよくない男たちにガードされながら、島の中心部に向かって歩きはじめた。波止場から長い石段がつづいている。防風林に遮《さえぎ》られ、織部の別荘は屋根しか見えない。

やがて、人影が消えた。

更級は島の周囲を眺め回した。海上保安庁の警備艇はどこにも浮かんでいなかった。もう荻上官房長官は、織部の別荘で寛《くつろ》いでいるのかもしれない。

更級は、暗視望遠鏡を目から離した。

船室に入る。芳賀とジュリアンが二機の無人飛行機《ドローン》にそれぞれ、高性能の炸薬を装着中だった。

かなり大きなドローンだ。回転翼は一メートル近い。

それぞれの機に、コーズマイト二号と呼ばれている爆薬を一キログラムずつ積み込むことになっていた。ダイナマイト五十本分に相当する火薬量だ。

植草甚蔵がレバノンの武器ブローカーから手に入れた特殊炸薬である。

「ボスと情報収集班の連中は、いまごろラスベガスのカジノで遊んでるのね」

ジュリアンが羨ましげに言った。

「そう羨ましがるな。ボスたちを国外に退避させたから、おれたちはじっくり仕事ができるんだ」

「それもそうね」

「ジュリアン、ドローンの操縦をミスるなよ」

「チーフ、ばかにしないでちょうだい。こう見えても、あたしは小二のときから優秀なラジコン操縦者《ハンドラー》だったのよ。ドローンだって、うまく操れるわ」

「わかった、わかった」

更級はジュリアンの自慢話を中断させ、芳賀に問いかけた。

「そっちの調子はどうだ？」

「本物のジェット機とは勝手が違うんで……」

「そうだろうな。ジュリアンにだいぶシゴかれたらしいじゃないか？」

「ええ、たっぷりとね」

芳賀が小さく苦笑した。

「とにかく、二人ともしっかり頼むぜ」

更級は船室を出て、機関室に入った。ベンチシートに腰かけ、暗い海面を眺める。

少し経つと、脳裏に生駒敬介の顔がにじんだ。更級は煙草に火を点けた。

野尻と悠子が戻ってきたのは、それから十数分後だった。

更級たち三人は水中スクーターを船内に取り込み、そのあと悠子たちを甲板に引き揚げた。芳賀とジュリアンが、二人の酸素ボンベを下ろす。

「船底にプラスチック爆弾をセットしてくれたな？」

更級は野尻に問いかけた。

「ああ、完璧さ。あと五分もすりゃ、花火大会がおっぱじまるよ」

「後から入ってきた大型ボートにも仕掛けてくれたか？」

「抜かりはないわ」

悠子がにっこり笑った。

更級は、芳賀とジュリアンに合図を送った。芳賀たち二人が船室に走り入り、大型ドローンを取ってきた。

二人は船首に回り、ドローンをデッキの上に置いた。

二機のドローンが相前後して、舞い上がった。上下になりながら、島をめざして飛んでいった。

それから数分後、島の波止場で爆発音が轟いた。時限爆破装置が作動したのだ。

更級はノクト・スコープを覗いた。巨大な火柱と水飛沫《しぶき》がレンズを領していた。

暗がりの奥から、人影が次々に走り出てくる。

しかし、手の施しようがない。男たちは桟橋の手前に固まって、茫然と立ち尽くしていた。

「敵の牙城をぶっ潰してくれ」

更級は、ジュリアンと芳賀に言った。

二人が短く返事をして、コントローラーを巧みに操りつづけた。

更級は暗視望遠鏡で、二機のドローンの動きを見守った。

島の中央の上空に達すると、二つのドローンが右に旋回した。回り切ると、急に高度を下げた。そのまま直進する。

やがて、二機のドローンは空中で激突した。ちょうど別荘の真上だった。

次の瞬間、耳をつんざくような爆発音が響き渡った。すぐに火の玉状のとてつもなく大きな炎が闇を舐めた。それは黒煙を吐きながら、垂直に落下していった。

数秒後、凄まじい爆発音がたてつづけに五、六度起こった。

爆風が、あらゆる物を地上から捥《もぎ》取った。

樹木や建物は粉々に砕け散った。肉の塊や衣服の一部が噴き上げられ、綿毛のように上空を漂っている。ほどなく島全体が炎上しはじめた。周囲の海は緋色《ひいろ》に燃えていた。

「これで全員、あの世に行ったわね」

「それは、まだわからないぞ。島に上陸して、確認してみよう」

更級は悠子に言い、機関室に入った。

野尻がアンカーを巻き揚げる。

更級は漁船のディーゼルエンジンを始動させた。島の左側に、まだ火の届かない場所がわずかに残っていた。

そこに船首を向ける。全速前進《フルアヘッド》で走ると、数分で島に着いた。

しかし、接舷できそうな場所はどこにもない。磯だらけだった。

更級は漁船を沖合に戻した。磯から三百メートルほど離れた海上で、スクリューを停《と》めた。

「島の様子を見てくる。きみとジュリアンは船に残っててくれ」

更級は悠子に言って、芳賀と野尻にゴムボートの用意をさせた。小さな船外機を取り付け終えると、更級たち三人はすぐさまボートに乗り込んだ。

芳賀がエンジンをかけ、舵を取る。

走るボートの上で、更級はグロック32の弾倉を検《しら》べた。フルに装弾してあった。

機関部には、たっぷり油が行き渡っている。作動不良に陥ることはないだろう。

ゴムボートが磯の間にある小さな砂浜に乗り上げた。

炎の熱気で汗ばむほどだ。見通しは悪くない。だいぶ先まで明るかった。

三人はボートを降りた。

更級が先頭だった。あたりに目を配りながら、三人はゆっくりと進んだ。

数十メートル行くと、岩陰から人影が現われた。体をふらつかせている。顔ははっきりと見えない。

野尻が懐中電灯を灯した。

円《まる》い光が織部典生の顔を捉《とら》える。白い髪が焼け縮れ、背広も焼け焦げていた。顔面は黒く煤《すす》け、皮膚のあちこちに火傷を負っている。

織部が額に小手《こて》を翳《かざ》して、先に言葉を発した。

「どなたか知らんが、わしを助けてくれ」

「そうはいかないっ」

更級は大声で言った。織部が後ずさった。何か言いかけたが、言葉にはならなかった。

「荻上官房長官はどうした？」

「もうみんな、死んでしまったよ」

「ディオクノ、マセリレ、ミトラ、熊井、それから羽根木一家の石橋や長洲もか？」

「もう誰も生きちゃおらん。爆発が起こったとき、わしだけがたまたま地下のシェルターにいたんじゃ」

「悪運の強いじじいだ。あんたが荻上とつるんでやったことは、全部わかってる」

「それじゃ、おまえたちは植草のとこの……」

「ああ。おれたちは闇の処刑機関『牙』のメンバーだ。あんたを地獄に送ってやる！」

　更級は怒りを込めて宣言し、グロック32の銃口を織部に向けた。

　すると、織部が命乞いをした。

「頼む、殺さんでくれ。きみらの欲しいものは何でもやる」

「あんたは、おれのことを忘れたのか。おれは昔、東京地検の特捜部にいた更級だ」

「えっ、きみが⁉」

「名前だけは憶えてたようだな。あんたが旭光建設の寺久保社長に入れ知恵して、おれを前科者にした。おかげで、おれは図太くなれたよ。今夜はついでに、あのときの礼もさせてもらう」

「きみには気の毒なことをした。すまん、赦《ゆる》してくれ。検事に復職する気があるなら、裏から手を回してやってもいい」

「断る。きさまのような利権右翼は、社会の毒になるだけだ」

　更級は引き金《トリガー》に指の腹を当てた。

　そのときだった。後ろで、芳賀の暗い声が響いた。

「チーフ、悪いが、ハンドガンを捨ててください」

「おまえ、何を言ってるんだ⁉」

　更級は、わけがわからなかった。

　芳賀が無言で、更級の背に銃口を押しつけてきた。すぐ横で、野尻が短く呻いた。

彼も銃を突きつけられたらしい。

「芳賀、やっぱり、おまえはただのはぐれ者じゃなかったな」

更級は言った。前を向いたままだった。

「チーフも野尻ちゃんも拳銃を捨ててくれないか。さもないと、撃ち殺さなきゃならなくなるんですよ」

「てめえ、何者なんだっ」

野尻が喚《わめ》いた。芳賀が静かに言った。

「まず拳銃を足許に捨ててもらいたいな」

「くそっ」

野尻がS&WのM586を足許に投げ捨てた。落ちたリボルバーが粗《あら》い砂を撒《ま》き散らした。

更級もグロック32を足許に落とした。芳賀が二人の前に回り込んできた。右手にハードボーラー、左手にヘッケラー&コッホVP70Zが握られている。

「もう正体を明かしてもいいだろうが。おまえは一匹狼の交渉人《ネゴシエイター》なのか？」

更級は芳賀に言った。

「いいえ。わたしは、アメリカの生命保険会社に雇われてる危険抹消人《リスク・エリミネーター》なんですよ。平たく言えば、暗殺防止人でしょうね」

「要するに、番犬だな」

「ええ、まあ。世界的に名の通った政治家や富豪たちは、途方もない巨額の特別保険を掛けてるんですよ」

　芳賀が説明した。

「そのことは知ってる」

「でしょうね。そんなお客さんたちがテロリストに殺されたら、生命保険会社はたちまち倒産してしまいます。そこで、会社はわたしたちのようなプロを雇ってるわけなんです」

「織部も特別保険を掛けてるんだな？」

「ええ、そうです。会社の調査部から、織部氏の身辺を探《さぐ》ってる者がいるって情報が入ったんですよ。それでわたしは、亡くなった生駒さんにわざとマカオで接近したわけです」

「そうだったのか。そうすると、当然、おまえは織部におれたちのことを通報したんだな？」

「わたしは、会社に調査報告しただけです。義務は遂行しなければなりませんからね。しかし、密告めいたことは嫌いです。だから、織部氏ご本人には何も……」

「そうかい」

更級は口を閉ざした。すぐに野尻が芳賀を罵《ののし》った。

「汚ねえ野郎だっ。てめえ、ろくな死に方しねえぞ」

「だろうね」

芳賀は虚無的な笑みを浮かべた。

裏切り者は、自分と野尻をどうする気なのか。更級は熱く火照《ほて》った頭の隅で、短く考えた。

そのすぐ後、織部が生気の蘇った顔で芳賀に語りかけた。

「きみはハーマン社のスタッフだったのか」

「ええ。申し遅れましたが、芳賀といいます」

「芳賀君、この男たちを撃ってくれ」

織部が憎々しげに言って、更級と野尻を指さした。

「それはできません。わたしは殺し屋じゃありませんので」

「正当防衛ってことにして、殺《や》ってしまえ。責任は、わしが持つ」

「できないね」

急に芳賀の口調が変わった。織部が声を荒らげた。

「なんだ、その口の利き方は！」

「人間の屑《くず》に敬語なんか使えるかっ」

「きさま、番犬の分際《ぶんざい》で！　ピストルを寄越《よこ》せ、寄越すんだっ」

「番犬稼業は、もううんざりだ」

芳賀は振り向きざまに、織部に銃弾を浴びせた。織部は右肩を撃たれて、砂の上に膝をついた。更級は、意外な展開に戸惑いを覚えた。

「止《とど》めはチーフに任せます」

芳賀がそう言って、二挺の拳銃をだらりと下げた。

「どういうことなんだ？」

「きょうから、改めてメンバーにしていただきたいんですよ」

「芝居がかったことをしやがって」

「すみません。一応、けじめだけはつけたかったもんですからね。また、仲間にしてもらえますか？」

「船に戻ったら、メンバーの決を採《と》ろう。おれ自身は、おまえにチームに残ってもらいたいと思ってるよ」

更級は身を屈《かが》めて、グロック32を拾い上げた。

芳賀が黙って頭を下げ、路《みち》を開けた。

更級は大股で織部に近づいた。織部が更級に気づき、慌てて立ち上がった。その顔は恐怖に戦《おのの》いていた。

「くたばっちまえ！」

更級は引き金を絞った。たてつづけに五発放つ。薬莢《やっきょう》が連続して右斜め後ろに弾き出された。

織部は踊るように体を振って、ゆっくりと砂の上に倒れた。

それきり動かなくなった。潮風に血の臭いが混じった。背後で、芳賀と野尻の笑い声が響いた。

更級は自動拳銃をベルトの下に滑り込ませた。潮騒が耳に心地よい。

「急がないと、手錠《ワッパ》ぶち込まれることになるぞ」

更級は二人の部下に声をかけ、勢いよく走りはじめた。

本書は一九九八年十月に頸文社より刊行された『密殺法廷』を改題し、大幅に加筆・修正しました。

本作品はフィクションであり、実在の個人・団体などとは一切関係がありません。

文芸社文庫

# 銃撃 闇法廷

二〇二〇年四月十五日　初版第一刷発行

著　者　南英男

発行者　瓜谷綱延
発行所　株式会社　文芸社
〒一六〇－〇〇二二
東京都新宿区新宿一－一〇－一
電話　〇三－五三六九－三〇六〇（代表）
〇三－五三六九－二二九九（販売）
印刷所　図書印刷株式会社
装幀者　三村淳



ISBN978-4-286-21875-5